신(神)께 드리는 노래
GITANJALI

신(神)께 드리는 노래
GITANJALI

라빈드라나트 타고르(作) 1913년 노벨문학상 수상

배해수 편역

지혜의나무

라빈드라나트 타고르의 생애와 작품세계

타고르에 대하여

라빈드라나트 타고르(Rabindranath Tagore; 1861.5.7~1941.8.7)

시인·철학자·극작가·작곡가·화가

출생지 : 인도 캘커타

활동분야 : 문학, 철학, 음악, 예술

주요수상 : 노벨문학상(1913)

주요저서 : 기탄잘리(1912)

동양의 시성이자 사상가로 널리 알려진 타고르는 아시아 최초의 노벨
문학상 수상자이며, 당대는 물론 현재에 이르기까지 많은 사람들에게
사랑받는 시인이다. 타고르는 인도의 문화예술 분야에서 특별한 재능으
로 많은 업적을 남겼고, 인도 문학의 정수를 서양에 소개하는 데 있어서
도 지대한 공헌을 했다. 그의 예술적 재능은 시는 물론 연극, 무용극, 음
악, 수필, 회화 등 다양한 분야를 망라했으며, 사상적 실천의 장에서도
뚜렷한 자취를 남겼다.

타고르는 인도에서 '위대한 시성(詩聖)'이라는 칭송과 함께 마하트마
간디(Mahatma Gandhi)와 더불어 국부(國父)로 존경을 받고 있다. 간디는 타
고르에 대하여 "위대한 파수꾼으로서 국민들의 목소리에 귀를 기울여
항상 모든 불평등과 악행에 저항한 인물"로 높게 평가한 바 있다.

　인도 북동부 벵골지역의 명문가문인 타고르가(家)는 벵골 문예부흥의 중심이었다. 타고르가 태어날 당시는 영국 제국주의의 식민지로 전락한 인도의 암울한 시기였지만, 독립의지의 불씨가 남아있었다. 이런 흐름에 맞물려 그의 선대를 포함한 가족들 모두는 자신들의 고유한 문화와 관습을 조소하는 풍조를 일소하고 민족문화의 자긍심을 일깨우고자 노력하였다. 이와 같은 분위기 속에서 10대 초반부터 발휘된 그의 천재적 문학재능은 약관의 16세에 『들꽃』이라는 시집을 발간하였다.

　타고르는 인도전통의 종교와 문학적 소양을 자산으로 삼아 1877년 영국에 유학하여 법률을 공부하며 유럽문화를 익혔다. 짧은 유학생활을 마치고 귀국한 후 벵골어로 쓴 자신의 작품들을 영문으로 번역하였다. 그는 시(詩)외에 산문·희곡·평론·소설 등의 분야에서도 재능을 발휘하면서 인도의 각성을 촉구하였다. 또한 형식적이고 물질적인 가치에 몰입된 이들이 자각할 수 있도록 종교적인 운동과 함께 자유로운 문학표현으로

써 민족의식을 고취하고자 하였다.

그의 문학작품에서는 영국의 식민지로 전락한 인도의 비참한 상황에서도 미래의 희망을 노래하고 있다. 『시들』, 『꽃다발』, 『백조는 날고』 등의 작품에는 부조리한 사회에 대한 저항의식과 인류애를 호소하는 감성이 드러나 있다. 『저녁노래』, 『어린이』, 『초승달』 등에서는 세속적 현실에 물들지 않은 어린이와 같은 감성으로 인간의 마음에 깃들어 있는 가장 순수한 정서를 시어로 표현하였다. 타고르의 시들은 명상을 통한 깊은 사유와 종교성에 기반한 철학적인 사상을 소박한 감성적 표현으로 녹여내었다.

시집 기탄잘리에서 『님』으로 지칭되는 존재는 읽는 독자들의 받아들이는 마음에 따라 얼마든지 달라질 수 있다. 다만 타고르에게 있어 『님』은 인간의 가장 경건한 마음을 절대적 존재인 신께 드리는 표현으로 보인다.

1912년 자신의 시를 영어로 번역하여 출간한 『기탄잘리(Gītāñjali)』는 당시 산업사회 이면에 자리한 인간성 상실을 자극하는 신선한 바람이 되었다. 개인적인 경험을 바탕으로 명료한 그의 정신세계는 서구 근대인의 내면에 깊이 스며들었고, 1913년 그는 노벨문학상을 수상했다. 노벨문학상 수상작 『기탄잘리』는 1910년에 출판된 157편의 서정시와 자신의 다른 작품에서 선별한 시중에서 103편을 직접 영어로 번역한 시집이다.

타고르의 삶

　타고르의 생애를 살펴볼 때, 그처럼 천부적인 다양한 재능을 가지
고 실천했던 인물도 많지 않을 것이다. '평화의 장소'라고 불리는 그의
정신적 고향 샨티니케탄은 인도 북동부에 위치한 뱅골의 주도 캘커타
에서 북서쪽으로 154km 떨어져 있는 작은 도시이다. 과거 이곳은 철학
자이자 종교개혁가로 활동했던 타고르의 아버지 데벤드라나트 타고르
(Devendranath Tagore, 1817~1905)가 종교적 명상을 위해 머물렀던 가문영지
의 한적한 시골마을이었다. 타고르는 부유한 브라만 명문가에서 태어
나 전통문화를 계승하는 가풍을 이어 종교사상과 문학, 예술 등 다양
한 분야에서 천부적 재능을 발휘한 인물이다. 그는 위대한 종교지도자

'마하리쉬'로 불리던 부친을 따라 여러 곳을 다니며, 다양한 사람들을 만나고 영성을 키웠다. 종교와 예술, 그리고 후세양성의 가업을 이어받은 타고르는 학교를 세우고 황량한 벌판에 나무를 심어 환경을 푸르게 가꾸었다. 또한 모든 종교적 편견으로부터 벗어나 위대한 인물들을 기리며, 계절에 따른 전통적인 절기를 기념하는 자유롭고 다양한 축제를 만들었다.

타고르는 1883년 결혼하여 5명의 자녀와 함께 가문의 광활한 영지가 있는 현재 방글라데시의 '실라이다하'로 이주하였다. 그는 파드마강의 모래어귀를 따라 펼쳐진 영지내의 시골마을을 돌아다니며 전원의 삶을 살았다. 논밭에서 일하는 농부들, 물고기를 낚는 어부들과 어울리며, 학생들과 함께 축제에 참여하기를 좋아했다. 그들의 빈곤한 현실에 대한 깊은 동정심은 그가 남긴 많은 저작들의 핵심적인 주제가 되었다. 1890년에 발표된 시모음집 『마나시 Mānasī』에는 그의 천재적인 감성들이 엿보이는 대표적인 시들이 실려 있다. 타고르는 이 시기에 땀 흘려 일하는 사람들과 전원의 풍경으로부터 받은 영감을 바탕으로 많은 글을 썼다.

1900년대 초반, 부친과 아내 그리고 두 아들까지 연이어 질병으로 사망하는 불행이 그에게 찾아왔다. 그는 이 절망과 낙심으로부터 벗어나기를 바라며 신의 절대성에 의지하는 종교인이 되고자했다. 1912년 타고르는 자신의 지병치료를 위해 국외로 향하는 배에 승선했으나 의식을 잃고 쓰러졌다. 안정을 취하라는 의사의 권유에도 그는 글쓰기를 멈추지 않았고, 이 시기 타고르는 그동안 자신이 틈틈이 써놓은 몇 개의 시집에서 발췌한 시들을 영어로 번역하였다. 1912년 말, 벵골어로 쓴 자신의 시들을 영어로 번역한 시집 '신께 드리는 노래' 『기탄잘리』가 출간되었다. 이 시집은 서구 제국주의의 팽창에 따른 인간성 상실과 물질적 만능주의에 매몰되어 있던 서구인들에게 이례적인 반향을 불러 일으켰다. 당시 서구문학은 민족주의와 인종적 편견에 사로잡혀 현실안주에 침잠한 채 사치품목이 되어있었다. 영어로 번역된 타고르의 기탄잘리는 이러한 시대적분위기 속에서 신선한 바람처럼 등장했다. 명상을 통한 영적경험으로 전달되는 그의 감성적 세계가 다양한 시어들로 표현되었다. 그의 시들은 벵골의 광활한 초원으로부터 바람을 타고 흘러나오는 갈대피리 소리처럼 세속의 욕망에서 벗어나 내면의 침묵을 노래하고 있다.

인도주의자이자 사회개혁가 타고르는 학생들을 위한 실험적인 학교를 설립하는데 생애 대부분을 헌신하였다. 그가 설립한 작은 학교는 훗날 인도문화예술의 중심이자 동서 문화의 가교역할을 수행하는 세계적인 국제대학으로 발전하였다. 타고르가 1901년 설립한 이 학교는 인도의 전통적 교육방식에 따라 학생들의 성향에 맞춘 '브라마차리야 아쉬람'이라는 실험적인 체계를 시도했다.

벵골의 샨티니케탄과 스리니케탄 두 도시에 위치한 '인도와 전 세계의 만남'을 뜻하는 비스와바라티(Visva Bharati)는 문화예술을 아우르는 전인교육의 세계적인 대학으로 성장하였다. 그는 이곳에서 인도와 다른 나라들의 고유한 전통문화에서 선별한 최상의 것들을 조화롭게 가르치고자 했다. 이 대학은 국제적인 명성을 얻기 전까지 전문예술대학으로 불리다가 1951년 독립적인 대학의 지위를 획득해 국제적 명성을 얻고 있는 종합대학이 되었다.

1915년 타고르는 인도를 식민지배하고 있던 영국황실로부터 노벨문학상을 받은 공로를 인정받아 기사작위를 수여받았다. 그러나 1919년 영국총독부가 인도의 반영시위대를 잔인하게 학살한 사건이 일어났다. 인도 북부 펀잡지역 암리챠르의 잘리안왈라 공원에서 벌어진 이 학살사건에 크게 상심한 그는 영국총독부에 작위를 반납했다. 1921년 타고르는 농업경제학자 레너드 엘름허스트와 함께 샨티니케탄 근처에 [평화의 집]을 설립하고 농민들을 위한 다양한 노력을 했다. 타고르는 1937년, 지병이 악화되어 자주 혼수상태에 빠지는 고통을 겪으면서도 숨을 다하기 전까지 작가로서의 집필을 멈추지 않았다. 1941년, 그는 조라산코라는 타고르 가문의 영지에서 80세의 일기로 영면에 들었다.

타고르의 다양한 활동에 대하여

○ 연극분야

타고르는 시인으로서 가장 잘 알려져 있지만 그의 재능은 시 분야에만 한정되지 않았다. 근대 시인이면서도 매우 뛰어난 극작가였던 타고르는 당시까지 벵골연극의 주류를 형성해온 다른 작가들과는 구별되는 독특한 형식의 희곡을 썼다. 그는 대중의 취향에 맞춘 희곡을 쓴 것이 아니라 자신만의 독창적인 영감에 의한 희곡을 썼다. 그런 점에서 타고르의 희곡은 지식층에게는 찬사를 받았지만 일반적인 관객에게 큰 호응을 얻지는 못했다.

그의 작품세계는 어떤 계층이나 특정대상을 위한 것이 아니었지만 그것을 이해할 만한 이들을 향한 것이었다. 타고르의 서정적이고 드라마틱한 작품세계는 경험에서 우러나오는 인생의 기나긴 여정을 통찰하고 있다. 타고르의 모든 작품들 면면에는 삶의 기쁨과 순수한 영적 자각이 아름다운 예술적 감각으로 승화되었다. 그는 생애의 후반기 다양한 활동을 하면서도 수많은 상징적인 의미가 스며있는 21권의 희곡을 펴냈다. 그의 작품들은 그 자신이나 다른 사람들에 의하여 영역되었지만, 벵골어 원작의 풍부한 감성을 담아내지 못하고 있다는 평을 받는다.

○ 회화분야

타고르는 자신의 그림들을 '황혼의 사랑'이라고 불렀는데, 석양처럼 쇠락의 의미가 아닌 마지막 열정을 의미한다. 당시 인도에서 지식인이 그림을 그리는 것은 특이한 경우였는데, 그림은 신분이 낮은 직업인 화공의 일로 치부했기 때문이었다. 그래서 사람들은 타고르의 그림을 나이든 시인의 특이한 취미활동 정도로 여겼다. 타고르도 자신의 그림이 지닌 가치를 확신하지 않았지만, 1930년대 러시아를 포함한 유럽과 미국에서 두 차례 전시회를 열기도 했다. 취미활동처럼 여겨졌던 타고르의 회화작품들은 서양에서 전시를 한 이후에야 인도에서 두 차례 전시회를 가질 수 있었다.

미술교육을 받지 않은 타고르 회화의 특징은 풍경, 동물, 식물, 남성과 여성의 모습들을 일정한 형식에 구애됨이 없이 자유롭게 구성하고 있다. 자연의 원초적 속성을 비형식적인 양식으로 표현함으로써 천진무구함과 창조적 내면세계를 그림이라는 예술로 승화하고자 하였다.

○ 음악분야

타고르는 음악분야에 있어서도 뛰어난 재능을 발휘하였는데, 벵골지방의 옛 민요를 바탕으로 많은 곡을 만들었다. 라빈드라 상기트(Rabindra sangeet)라고도 불리는 2,230곡이 넘는 노래들을 직접 작사하고 작곡하였다. 그중 영국 제국주의가 식민지였던 벵골지역을 분리했을 때, 작곡한 인도의 아침(Jana Gana Mana)과 나의 황금빛 벵골(Amar Sonar Bangla)은 훗날 각각 인도와 방글라데시의 국가(國歌)가 되었다.

타고르는 20세기 창조적 지성 중에서도 뛰어난 문학과 독창적인 예술의 재능을 발휘했던 인물로 평가되고 있다. 그는 인도 전통의 전체론적 세계관을 바탕으로 한 범세계적 사상과 자신의 순수한 자연주의적 세계관을 예술로 승화하였다. 아울러 후세양성을 위한 교육 분야까지 열정을 가지고 실천한 인도가 배출한 만능 아티스트였다고 할 수 있다.

문학, 예술, 음악, 연극, 회화 등 전 분야에서 그가 남긴 위대한 발자취는 미학적, 학술적으로 존경을 받는 위치에 있다. 그의 다양한 재능들은 그가 남긴 작품에 녹아들어 세상을 통찰하면서 인간의 존엄성을 영적으로 승화시키고 있다.

내가 묻고 내가 답하다

신을 부정하면서 종교인이기를 원했다면 이상한 것일까?

젊은 날, 내가 선택하지 않은 신에게 선택당한 나의 갈등은 오랫동안 나를 방황하게 했다. 신을 만나지도 못했는데 온갖 용서를 구하면서 신을 애타게 부르는 사람들은 보며, 오히려 신의 존재를 회의하고 원망도 깊었다. 20대 초반의 나이에 나는 셀 수조차 없을 만큼 많은 형상과 이름으로 존재하는 신들의 나라 인도의 땅을 여행하며 그 해답을 찾고자 했다.

집에서 멀어질수록 내 존재의식으로 가까이 다가서기를 원했던 여행은 그렇게 시작되었다. 그 시간은 나에게로 떠나는 여행이라 스스로 위로하며 외롭고 고단한 시간들을 길 위에서 보냈다. 여행길에서 마주친 사람들 중에는 따뜻한 손길도 있었지만 가슴을 아프게 하는 이들이 대부분이었다. 내가 찾고자 했던 신과 상상속의 산신령 같은 모습으로 나타나줄 스승은 끝내 만나지 못했다. 그러나 살아가는 형편이 다를 뿐, 바라보이는 숱한 모습들은 내 마음의 얼굴을 비추는 거울이 되어주었다.

신(神)은 누구를 위해 존재하는가?

인도에는 신을 대리하는 사제와 신을 믿는 신자, 그리고 신의 형상을 만들어내는 세 부류의 사람들이 존재한다. 그런데 힌두교 신들은 이들 중에서 자신의 형상을 만드는 이들을 축복하지 않고 가장 낮은 계급과 가난한 삶을 요구한다. 그래서일까? 이 가난한 계급의 사람들은 무엄하게도 신의 이름을 마구 가져다 쓴다. 그것은 신이 자비롭거나 너그러운 존재라고 생각해서만은 아니며 전통적 계급사회구조에서도 막지 못한 문화적 허용이다.

세상 어디서나 다름없이 신(神)은 자기의 이름을 불러주었을 때, 인간 세상에 그 존재를 드러낼 수 있는 계기가 되곤 했다. 신에게 은총을 기원하거나 두려워하며 자비를 구할지라도 그의 이름을 불러주어야만 그 존재로 힘을 가지며, 기억되지 않은 신은 어디에도 존재하지 않는다. 지혜와 부귀, 행운을 상징하는 가네쉬나, 락쉬미는 인도에서 가장 흔히 들을 수 있는 신(神)의 이름들이다. 그 이름을 불러줄 때마다 호명된 신의 자비와 은총이 그와 함께한다고 믿는다. 그래서 신분이 낮을수록 더욱 간절하게 자신의 아들과 딸의 이름을 신의 이름으로 대체한다.

종교(宗敎)와 신앙(信仰)의 의미와 차이는 무엇일까?

나는 종교란 인간의 차원을 넘어선 정신세계로 신의영역에서 출발되어진 신의 가르침 즉, 최고의 가르침이라는 뜻으로 해석하였다. 한편, 신앙은 인간의 이성영역 이상이기를 바라는 그 절대적인 가르침에 따르려는 마음가짐으로 정리하였다. 나는 수많은 이름으로 불리는 신에게 선택된 순종적인 신앙인보다는 조금 더 자유로운 종교인이고 싶었다.

인연(因緣)은 보이지 않는 줄로 이어진 숙명(宿命)인가?

인생은 마치 이전 생애에서 주어진 숙제를 풀어야 하듯이 현생에서 인연이라는 조각난 퍼즐들을 맞추는 것과 같다는 생각을 한다. 빈틈에 다른 조각을 아무리 끼워 넣으려 애써보지만 정확한 조각을 찾아야만 그 자리를 메우는 퍼즐처럼 그 만큼의 인연들이 필요한지도 모른다. 태어날 때부터 이미 결정되어버린 숙명의 가족이란 인연을 시작으로 스승과 친구 그리고 연인까지도 꼭 필요한 존재들이 아닐까 한다. 맞지 않은 조각을 억지로 끼워 맞출 수 없듯이 이 생애에서도 우리는 자기에게 맞는 조각들을 찾으러 인연을 더해가며 살아가고 있는지도 모른다.

인간의 감각에서 가장 아름다운 소리는 노래가 아닐까?

노래는 직선과 곡선으로 짜놓은 비단처럼, 신(神)이 선물한 곱고 아름다운 무형의 직조(織造)이다. 마음가짐에 따라 이 선물은 받기만 하지 않고 언제든지 그에게로 다시 되돌릴 수 있다. 신께 드리는 청원이 기도라면, 노래는 기도에 음률을 더하여 신의 은총에 감사하는 찬송이다. 인간이 온몸으로 그 감사함을 나타낼 수 있는 것은 노래와 어울리는 몸짓인 춤이라 생각하면서도 나는 춤을 잘 추지 못한다. 왜냐하면 아직도 누군가를 의식한 춤을 추려하기 때문에 자연스럽지도 멋지지도 않다. 언제쯤 나는 춤을 잘 출수 있을까?

인간이 신의 피조물이라 믿는다면, 그들이 창조자인 신에게 돌려줄 감사의 선물은 무엇일까를 타고르의 기탄잘리는 제시하고 있다. 음악은 단지 입으로 만들어내는 소리가 아니라 노래를 포함한 어떠한 도구로든지 음률을 만드는 신의 찬가이다. 기탄잘리를 처음 접하면서 나는 노래와 춤 그리고 음악이 되어 공감하고 동조하며 그의 마음이 되고자 했다.

침묵이 말보다 더 진심을 전달 할 수 있는가?

인도에는 지금껏 내가 가졌던 상식에서 비켜난 몇 가지 용어가 존재한다. 감사하다. 미안하다. 나마스떼. 아차 등이다. 가까운 이웃나라 일본은 미안하다와 감사하다는 표현을 많이 쓰고 있지만, 형식과 진정성 사이의 의구심은 남는다. 인도에서도 무미건조한 방송뉴스 끝자락의 감사인사처럼 공허한 '단네바스'라는 표현이 있다.

　외국여행자들이 일부러 배워가며 인도인들에게 고마움을 표시할 때 말해보지만 누구도 반응하지 않는다. 구걸하는 사람에게 적선을 건네 본들 '감사합니다.'라는 흔한 인사를 받을 수 없다. 마찬가지로 '미안합니다.'라는 사과를 받으려 한다면, 포기하는 것이 낫다. 마치 영혼이라도 벗겨지는 것처럼 불쌍한 표정을 짓기 때문이다. 그것은 이들의 문화에서 언어로 표현되기 이전에 그 감사함과 미안함의 감정은 이미 과거가 되어버린 행위로 끝나버렸기 때문이다. 자기의 선행과 잘못 또한, 자기라는 존재가 타인에게 잠시 빌렸던 것을 되돌려 놓는 것처럼 이해하고 있는 것이다. 따라서 신의 뜻을 전달하는 매개인 존재에게 신이 감사함과 미안함을 언어로써 전달할 필요가 없다는 무언의 의미가 내재하고 있는 셈이다.

　어쩌면 그들의 인사인 『나마스떼』는 인류가 만든 인사법에서 가장 고차원적인 표현이라 볼 수 있다. 마치 김춘수 시인의 꽃에서 표현하듯 '내가 그 이름을 불러주었을 때 그는 내게 다가와 꽃이 되었다.' 는 구절처럼 존재에 대한 성찰이다. 신의 이름을 가장 사랑하는 자녀에게 지어주고 부르며 그의 은총을 구하듯 '내안에 내재한 신성(神性)이 그대 안에도 깃들어있는 신성에게 경배를 드린다.'는 인사법이 지구상 어디에 또 있을까?

　아주 오래전부터 인도인들은 육체와 자아 그 너머의 영혼에게 드리는 영적인 인사를 하고 있는 것이다. 그것은 육체에 깃들어 있는 신성성을 잊지 말라는 서로의 격려이자 인생길에서 절대성을 찾아가라는 깨달음을 위한 약속된 응원이다.

또 하나의 용어는 어떤 일이든지 부정하지 않고 좋거나 문제없다는 긍정의 표현인 '아차'이다. 인도에서 가장 흔하게 들을 수 있는 '노 프로블럼'은 실제로 언제, 어디서든 문제가 없음으로 인식하고 있다. 무슬림의 인사법인 '인샤알라' 신의 뜻대로 라는 의미와 일맥상통한다. 그저 위기상황의 모면이 아니라 잠시 그 시간에 머물러 있을 뿐이며, 그 자리에서 벗어나면 사라지는 것이다. 그래서 설령 좋지 않은 일을 당하거나, 문제가 생겼을지라도 신의 뜻으로 해석한다면 비록 자기최면일지라도 결과적으로 나쁠 수는 없다.

나는 무엇을 어떻게 바라볼 것인가?
힌두전통 교의서인 우파니샤드에는 이런 구절이 있다. '탓 트밤 아시 (Tat-tvam-ashi)' - 내가 곧 그것이고, 그것이 곧 나이다. 나는 절대성의 분리되어 있지 않은 신의 투영이다. -

호수에 비추어진 달이 물결에 흔들려 찌그러져 보일지라도 하늘의 달이 찌그러진 것은 실재가 아니다. 인도사상에서 말하고 있는 환영이라는 '마야(Maya)의 세계'는 호수의 비친 달처럼 무한한 변화의 속성에 따라 다르게 보일 뿐이다. 절대성이 훼손되지 않는 한 물결이 어떠한 파문을 만들더라도 사실이 아닌 것처럼 본질은 언제나 변할 수 없기 때문이다. 따라서 이 구절은 현상의 변화에 이끌림 없이 진리의 본질을 찾고자 하는 일체의 노력이 수행의 기본이 되어야 한다는 의미이다.

빨간색으로 칠해진 벽과 바닥에 투명한 유리구슬을 두었을 때, 대부분의 사람들에게는 그 구슬도 빨간색으로 보일 수 있다. 사실은 배경에 따라 그렇게 비추어 보일 뿐, 실제 그 구슬은 무색이다. 인도의 철학, 사상, 종교는 세상에 속한 다양한 색을 인정하면서 또 그것에 물들지 않기를 끊임없이 강조해왔다.

종교가 최고의 가르침이라 할 때, 진리를 찾아가는 구체적 방향의 제시 없이 무작정 믿고 따르는 맹목적인 복종을 강요한다면 진정한 종교가 아니다. 인류의 역사는 원하지 않았음에도 왜 싸워야 하는지도 모른 채 명분도 없는 전쟁터에서 셀 수 없이 많은 생명이 소멸했다.

기탄잘리 85장, 89장의 싯구절처럼 세상을 살아가는 모든 이들은 누구나 자신도 모르게 이 삶이라는 전쟁터에 끌려 나왔는지도 모른다. 그러나 받아들이는 이에 따라 양상은 얼마든지 다르게 나타날 수 있다는 점을 잊지 않아야 한다. 이 삶이 전쟁터나 장터가 아니고 그 사람의 마음이 꽃밭이고 놀이터라면, 그것이 그때가 바로 내 것이 된다.

타고르는 인도에 숨겨진 이 다양한 언어들과 정화된 정신들을 시(詩)라는 형식에 담아 노래로 만들었다. 그가 노벨문학상을 수상한 시집 『기탄잘리』를 쓴 나이는 고작 40대에 불과하다. 그럼에도 불구하고 젊은 시절에 쓴 이 시어들은 마치 인생의 마지막 끝자락까지 살아온 사람에게서 느낄 수 있는 인생의 노회함이 묻어있다.

자연과 신에 대한 감사함과 존경심이 삶의 태도에서 배어있지 않았다면 시어들의 나열에 불과한 언어적 유희였을지도 모른다. 그의 시는 경건하게 절대성에 귀의하고자 하는 인간의 가장 겸손한 자세에서 비롯된 깊은 영감(靈感)이다.

내면의 풍경을 전달하고 공감하는 것이 가능할까?

인간의 내면을 언어의 표현으로 전달하기에는 의미의 한계가 분명히 존재한다. 붉은 것과 불그스름한 것의 차이, 검은 것과 거무스레한 것의 인상적 느낌은 분명 다르다.

이 형용사의 차이를 인정할 때, 다양한 언어의 표현은 좀 더 본질을 이해하기에 도움이 된다. 인도 벵골어는 전 세계를 통틀어 가장 풍부한 형용어구가 있다고 알려져 있다. 이러한 언어의 배경에 기초하여 쓴 『기탄잘리』를 영어로 번역한다는 것은 결코 쉬운 일이 아니다. 마치 사투리가 빠진 지역의 언어를 기록하는 것처럼 무미건조한 일이 될 수도 있기 때문이다.

다채로운 언어의 표현을 단순하게 만들어버리는 결과를 가져올 수 있는 번역은 창작 못지않게 쉽지 않은 일이다. 그에 더해 상징적 의미를 함축한 언어 표현의 꽃이 바로 시(詩)라고 생각된다. 그래서 시인의 감정에 몰입하지 않으면 어색한 문자조합이나 이해하기 어려운 글자들의 나열이 되고 말 것이다.

영어로 번역된 시를 다시 한국어로 옮기는 일 또한 쉽지 않지만, 벵골어 못지않게 한국어도 선택할 수 있는 다양한 형용어구 조합이 있다. 작가의 마음을 물들인 색을 찾아낸다면 결코 어려운 작업만은 아니라고 생각하면서 긴 시간동안 작가와 독자의 경계를 허물고자 하였다. 세마치 장단부터 중모리 휘모리로 이어지는 우리가락을 글로 적어 표현할 수 없듯이 시인의 노래를 영감으로 따라가는 것은 쉽지 않았다.

기탄잘리를 읽으며 그동안 여행에서 틈틈이 적어본 감성적인 글들을 모두 버려야 했다. 내가 쓰고자 했던 모든 감정들이 이미 기탄잘리에 고스란히 녹여져 담겨있기에 더 이상 글을 쓸 이유를 잃었다. 그것은 이 시보다 더 경건함과 내려놓음을 나의 글로서는 표현할 수 없었기 때문이다.

변하지 않는 보석처럼 빛나는 것이란 무엇인가?

봄꽃 향기가 되신 누이에게서 처음 소개를 받고 찾아갔던 평화의 마을 샨티니케탄은 작은 시골 동네에 불과한 곳이었다. 정글 숲 같은 교정에는 크고 작은 수 많은 원숭이들이 나뭇가지를 타고 뛰어다니고, 학관은 자전거 릭셔를 타야 할 만큼 드넓었던 국제대학이었다.

청년의 시기에 그곳의 입학원서를 들고 왔었지만 다시 돌아가지 못한 채, 30여년의 세월이 훌쩍 흘러버렸다. 중년의 나이가 되어 기탄잘리와

바가바드기타만 들고 타고르의 영감을 확인하는 마음으로 그곳을 다시 찾았다.

고즈넉한 과거의 전원풍경은 간곳없이 황량해졌고, 볼푸르라는 소란한 여느 도시의 한켠에 박제된 듯 밀려나 있었다. 세월의 변화는 필요성에 따라 얼마든지 형태를 바꾸는 것이라 생각하며 쓸쓸히 돌아섰다. 다만, 빛나는 보석처럼 변하지 않는 절대성을 향한 경건한 기도의 울림, 그 진한 향기는 여전히 남아 있다. 인도 큰 주들은 대부분 다 둘러본 지금까지의 인도여정을 마무리하면서 감사의 마음을 담아 이 노래들을 읊조려본다.

같은 악보라도 부르는 사람에 따라 느낌은 다른가?

번역은 제2의 창작이라고 누군가 말했듯이 글을 쓰는 당사자의 심정이 되지 않고는 그 본뜻을 알기 어렵다. 특히 시라면 더욱 그러한데 운율과 정제된 글의 느낌을 녹여내야 하기 때문이다. 그런 점에서 이 책은 원곡이 아니라 편곡되어 개작된 노래처럼 번역이라기보다는 번안에 가깝다.

기탄잘리를 읽기 편한 시어로 다시 풀어보고자 했던 것은 이 시들이 노벨상을 수상한 작품이어서가 아니다. 인도의 정신이 함축된 가장 쉽게 이해할 수 있는 도구이자 영감과 명상을 담은 노래로 보았기 때문이다. 타고르가 선택한 1백3편의 감정으로 퍼 올린 퍼즐들과 함께 귀로 들리는 소리를 넘어 눈으로 바라보고, 마음으로 만지는 노래로 엮고자 노력하였다.

이 시를 읽는 모든 분들이 시의 가락에 취해 춤출 수 있기를 소망한다. 이 아름다운 시를 예쁜 그림언어로 바꾸어준 신해인님께 깊은 고마움을 전하며, 문구를 감수해준 유은성님, 출간을 허락해준 지혜의 나무 이의성 선생님께 감사드린다.

원래의 기탄잘리는 번호만 표기되고 제목이 없지만, 이 책에서는 멋진 시들을 숫자만으로 구분되는 것이 아쉬워 제목을 붙였다는 점을 밝혀 둔다.

GITANJALI 목차

신(神)께 드리는 노래
Song Offerings

기탄잘리

Rabindranath Tagore(1861~1941)

내 생은 _____ 님의 선물

1 내 생(生)은 님의 선물

님은 영원의 기쁨으로 나를 인도하셨습니다.

님은 이 여린 그릇을 비우고 또 비우시어
언제나 신선한 생명으로 가득 채워주십니다.

님은 온 산과 계곡을 거닐며 영원히 연주될 가락을
이 작은 갈대피리에 불어 넣으셨습니다.

영원한 존재이신 당신의 손길에 이 작은 가슴은
기쁨에 넘쳐 표현할 길 없이 고동칩니다.

님은 내게 한없는 선물을 내어 주시는 데도
나는 그저 작은 손으로 받기만 할 뿐입니다.

님은 수많은 세월 동안 끊임없이 내주셨지만
채워주실 빈자리는 아직도 내 가슴에 남아있습니다.

2 내 노래의 날개 위에

님이 내게 노래를 청할 때면
이내 가슴은 자랑스러움에 터질 듯 부풀고,
님의 눈부신 얼굴을 바라볼 때면
두 눈에는 어느새 기쁨의 눈물이 흐릅니다.

삶에 깃든 온갖 찌꺼기와 부정이 모두 녹아
한 음절의 감미로운 가락을 이루면,
내 기쁨은 바다를 건너는 새처럼
님을 향한 경배의 날개를 펼칩니다.

비록 내 노래가 미흡할지라도 그 동안 만큼은
님 곁에 가까이 다가설 수 있음을 나는 알고 있습니다.

내 노래의 날개가 활짝 펼쳐졌을 때,
그 끝은 벌써 님의 발 언저리에 닿아 있을 것입니다.

나는 노래하는 기쁨에 취해 나를 잊고
감히 내 주인이신 님을 벗이라 불러봅니다.

3 님의 노래

님께서 어떤 노래를 부르시는지 나는 알지 못합니다.
경이로운 침묵 속에서 그저 귀 기울일 뿐입니다.

님의 노래는 빛이 되어 세상을 비추고,
생명의 숨결이 되어 하늘에서 하늘로 여울집니다.

님의 노래는 성스런 강물이 되어
단단한 돌 바위와 같은 장애물들을 모두 부수며 흐릅니다.

내 의지는 님의 곡조에 맞추려 하지만
아무리 외쳐도 그 노래를 따라 부르지 못해
어찌할 수 없는 울음소리만 낼 수밖에 없습니다.

아! 님의 노래는 끝도 없는 그물이 되어 온통 나를 감싸고 있습니다.

4 내 마음 깊은 그곳에

내 생명의 숨결이여!
언제나 내 몸을 정결하게 하려함은,
당신의 숨결이 온몸을 어루만지고 있음을 알기 때문입니다.

모든 거짓들로부터 언제나 나를 지키려 함은,
내 마음 깊은 그 곳에 진리의 등불을 밝히신 이가
바로 당신임을 알기 때문입니다.

내가 가진 온갖 부정함을 물리쳐
언제나 사랑의 꽃을 피우려함은,
내 마음 깊은 그 곳에서 항상 지켜보시는 이가
바로 당신임을 알기 때문입니다.

그리고 내 몸가짐에서 님의 모습이 드러나도록 하려는 것은,
내 모든 움직임에 힘을 더하시는 이가
바로 당신임을 알기 때문입니다.

5 한거(閑居)에서

하던 일 뒤로 미루고 잠시라도
님 곁에 앉아 있도록 허락해 주십시오.

님 없이는 마음의 안식을 찾을 길 없고,
내 일상은 끝없는 고뇌의 바다를 헤매는 고통일 뿐입니다.

오늘 여름이 내 창가에 한숨과 속삭임으로 살며시 다가옵니다.
꽃 피어 가득한 앞마당에
꿀벌들만이 바쁘게 날며 노래하고 있습니다.

고요히 님과 마주앉은 이 충만한 침묵의 한거(閑居)에서
아직 남은 생명의 노래를 부르렵니다.

6 꽃을 드리는 마음
GITANJALI

부디 늦지 않게 이 작은 꽃을 받아주십시오.
시들어 땅에 떨어지고 먼지에 묻힐까 염려됩니다.
이 꽃이 행여 당신의 꽃목걸이에 엮이지 못할지라도
님의 손길 닿는다면 영광입니다.

내 모르는 사이 날 저물어
이 꽃 당신께 드릴 시간 지날까 염려됩니다.

비록 빛바랜 색과 향내마저 스러진 꽃일지라도,
더 시들기 전에 당신께 드릴 수 있도록 허락해 주십시오.

51

7 진실한 노래를

내 노래는 모든 꾸밈을 벗었으니
옷도 장신구도 이제는 자랑이 아닙니다.

꾸밈은 님과 나 사이를 멀어지게 하며 방해가 됩니다.
짤랑이는 장신구 소리는 님의 속삭임을 듣지 못하게 할 뿐입니다.
시를 노래하고픈 내 허영도
님과 마주할 때면 부끄러움으로 스러집니다.

아! 위대한 시인이시여!
나는 님의 발아래 앉아 있습니다.
부디 이 삶을 단순하고 바르게 이끄시어,
님의 숨결을 담은 음률 가득한 갈대피리가 되게 해주십시오.

8 축제의 초대

노는 아이에게
왕자의 옷을 입히고 보석 목걸이를 걸어준다면,
걸음마다 옷이 걸려 신나게 놀지 못합니다.

부딪히면 찢어질까, 흙먼지에 더럽혀질까 걱정하면서
세상과 멀어지고 움직임은 늘 조심스럽기만 합니다.

어머니…
호화스런 옷치장이 무슨 쓸모가 있겠는지요.
행여나 그런 일로 이 건강한 대지로부터 멀어져
모두가 함께하는 세상에 속할 자격을 잃게 된다면 말입니다.

9 신(神)이 주는 선물

아! 어리석은 이여,
그대 자신을 어깨에 메고 걸으려 하는가?

아! 걸식하는 이여,
그대 집 앞에서 구걸을 하려는가?

무엇이든 들어주실 그분의 손에 모든 짐 맡기고
아쉬움 남김없이 뒤돌아보지 마시오.

그대 욕망의 숨결에 등불은 꺼지나니,
성스럽지 못한 것이나 더럽혀진 손으로 전하는 선물은 받지 마시오.
오직 신성한 이의 사랑으로 족하리니.

10 가난한 이의 친구

님께서 서 계신 그 곳,
가장 가난하고 비천하게 살아가는 이들이 있는 곳에
님은 발길을 멈춥니다.

님 앞에 무릎 꿇은 나의 예배는,
가장 가난하고 비천한 이들 가운데 머물고 계신
그 깊은 곳까지 닿지 못합니다.

허영심으로 감히 다가서지 못할 그 곳은,
가장 가난하고 비천한 이들 속에
남루한 차림의 님이 계신 곳입니다.

하지만 아직도 나는
님 계신 곳을 알지 못합니다.

가장 가난하고 비천하며 고독한 이들이
길을 잃고 헤매는 곳,
그들과 함께 길동무되어 걸어가시는 그 길을…

11 신(神)과 함께라면
GITANJALI

노래와 찬송, 염주를 굴리며 외우는 모든 주문을 멈추라.
그대는 문 닫힌 사원의 쓸쓸하고 어두운 구석에서
누구를 향해 기도하고 있는가?

살며시 눈을 뜨고 바라보라. 신(神)은 그대 눈앞에 없으리니…

신(神)은 농부가 굳은 땅을 일구고 있는 곳,
길가의 일꾼들이 돌을 깨고 있는 곳에 계시리니.

햇볕 내리쬐는 날이나 비 쏟아지는 날에도,
신(神)은 그들과 함께 흙먼지 뒤덮인 옷을 입고 있나니.

그대여!
성스럽게 여기는 예복을 벗고
이 먼지 가득한 땅으로 내려오라.

해탈? 해탈이 어디에 있다는 것인가?
신(神)은 세상의 속박을 기꺼워하며
우리와 영원한 인연을 이으셨나니.

그대의 낡은 생각을 털어버리고
향기로운 꽃들의 정원에서도 잠시 벗어나 보라.

그대의 옷이 찢기고 더럽혀질지라도
신(神)과 함께 있다면 무엇이 문제인가?

그대가 땀 흘려 수고하는 그 곳에서
이미 신(神)을 만나고 그 곁에 서 있다면…

12 나그네 길

내 멀고 먼 나그네 길은 긴 시간의 노정입니다.
나는 아침 햇살의 빛나는 수레를 타고
끝없이 펼쳐진 우주를 여행하며
수 많은 별에 발자국을 남겨 두었습니다.

온갖 세파를 타고 넘어 완전함에 이르고자
내 자신에게 가까워지기까지,
참 자아를 향한 머나먼 수행길입니다.

눈먼 나그네가 자기 집을 찾고자 낯선 문들을 일일이 두드리듯,
마지막 끝에 있는 가장 깊은 성소에 이르기까지
온 세상을 방황합니다.

마침내 눈을 감으며 *"님은 여기에"* 라고 말하기 전까지
멀고 먼 세상 구석구석을 헤맵니다.

"아! 어디에" 라는 참 자아에 대한 의문의 소리침은
수많은 시냇물이 되어 눈물의 강으로 녹아들고,
"나 여기에" 라는 확신의 밀물이 되어 이 세상을 넘치게 합니다.

13 아직 못다 한 노래

내 부르려던 노래 다 부르지 못해 아직 남아 있습니다.
한계 지워진 시간동안 거문고 줄을 당기고 풀기를 반복하면서
악기조율로 무상한 나날을 지새웠습니다.

진실한 시간은 아직 오지 않았고,
제대로 된 노랫말 한마디 잇지 못하면서도
그저 가슴에 기원을 담을 뿐입니다.

꽃은 아직 피지 않았건만 바람만이 한숨지으며 스치듯이,
나 아직 님의 얼굴 보지 못했고 님의 음성도 듣지 못했습니다.
내 집 앞을 지나는 조용한 님의 발자국 소리를 들었을 뿐입니다.

님이 앉으실 자리를 펴는 동안
내 생의 많은 날들이 지나가버렸습니다.
아직 등불을 켜지 못해 내 집으로 초대도 못했습니다.

님 볼 수 있는 날 바라며 살아가면서도
나는 아직도 님을 만나지 못했습니다.

14 님의 거절

내 갈망은 산더미 같고 구슬픈 울음에도,
님은 언제나 냉정한 거절로 나를 구원하셨습니다.
이 엄한 자비는 내 삶속으로 스며들었습니다.

내 미처 부탁하지 않았을 때도,
님은 언제나 소박하지만 멋진 선물을 주셨습니다.
하늘의 빛과 육체와 생명, 그리고 이 마음을…

또한 나로 하여금 이 귀한 선물을 받을 자격을 주셔서
과욕의 유혹으로부터 나를 구원하셨습니다.

내가 무기력하게 서성일 때나,
잠에서 깨어 어딘가를 향해 서두를 때도,
님은 무정하게 모습을 감춥니다.

님의 거절은 나로 하여금 님을 온전히 알게 하여
매일처럼 이 두렵고 불안한 욕망으로부터 나를 보호하십니다.

15 님 곁에 가고파

님 향해 노래하고자 나 여기 있습니다.
님 계신 방 한쪽에 가만히 앉아 있습니다.

님의 세계에서 내가 할 일은 아무것도 없습니다.
이 보잘 것 없는 목숨은 그저 침묵의 조화로움을 깰 뿐입니다.

한밤중 어두운 사원에서 님을 향한 침묵을 예배할 시간이면,
주인이여!
님 앞에서 노래하도록 나를 일으켜주세요.

아침 하늘에 황금빛 거문고 소리 울릴 때
부디 님 곁으로 나를 불러주세요.

16 이 축제가 끝나는 날에는

이 세상의 축제에 초대받은 내 생애는 늘 축복이었습니다.

내 눈은 이 세상을 보았고, 귀는 온 세상의 소리를 들었습니다.

이 축제에서 내 몫이란 거문고를 연주하는 일이었습니다.

나는 이 세상에서 해야 할 모든 일을 다 했습니다.

이제 님의 얼굴을 대하고 님의 품안에 들어,
마지막 내 침묵의 인사를 드릴 시간이 되었는지 묻고자 합니다.

나는 오직 님의 손길에 이 한 몸 귀의할
그런 사랑을 기다릴 뿐입니다.

그 때문에 이토록 너무 늦은 태만함의 죄를 지었습니다.

사람들은 나를 그들의 법과 관습으로 묶고자 하였으나
나는 늘 그 밧줄에서 빠져나왔습니다.

나는 오직 님의 손길에 이 한 몸 귀의할
그런 사랑을 기다릴 뿐입니다.

사람들은 나를 무모한 사람이라 욕하지만
나는 그들의 비난도 감수할 것입니다.

떠들썩한 장날은 지났고 분주했던 일도 모두 끝났습니다.
나를 찾아왔던 이들은 헛걸음에 화를 내며 되돌아갔습니다.

나는 오직 님의 손길에 이 한 몸 귀의할
그런 사랑을 기다릴 뿐입니다.

18 님을 기다리며

구름 위에 또 구름이 겹쳐 밖은 어둡습니다.

아! 사랑하는 님이여.
어찌 나 홀로 문밖에서 기다리게 하십니까?

한낮의 바쁜 일상을 사람들과 함께 했습니다.
다만, 이처럼 어둡고 쓸쓸한 날 내 바람은
오직 님을 기다리는 일입니다.

행여 님의 얼굴을 못보고 님께 외면 받는다면,
이 길고 긴 장마철 동안 내 어찌 견딜 수 있을까요?

저 먼 어두운 하늘을 바라보는 내 마음은
그치지 않는 바람 따라 구슬피 울며 떠돕니다.

19 님의 침묵 따라서

만일, 님께서 아무 말이 없으시면
나는 님의 침묵을 가슴에 담고
그 고요의 시간을 견디며 살아갈 것입니다.

나는 밤하늘의 어둠을 밝혀주는 별처럼 인내하며
그저 조용히 머리 숙여 기다릴 것입니다.

분명코 이 어둠이 물러가 새아침이 밝아오면,
님의 목소리 하늘을 헤치고 금빛 햇살로 쏟아져 내리겠지요?

그러면 님의 목소리는
나의 새들이 머무는 둥지 하나하나에서 노래되어 날아오르고,
님의 선율 따라 내 작은 숲 나뭇가지마다에
꽃으로 피어날 것입니다.

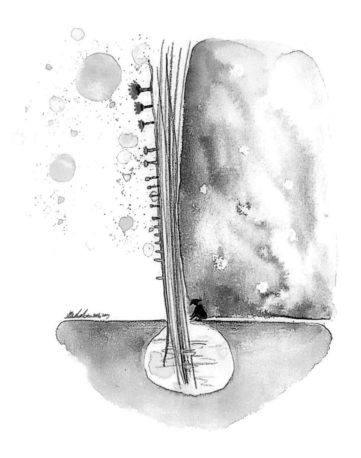

20 연꽃 명상

- 연꽃이 피던 날 -

아! 그때도 방황하던 나는 꽃이 피는 줄을 몰랐습니다.
연꽃을 찾는 이 없고 내 바구니도 비어 있었습니다.

슬픔이 밀려와 나를 휘감을 때 비로소 나는 꿈에서 깨어났습니다.

남풍이 실어온 알싸하고 감미로운 꽃향기의 흔적을 느낍니다.
이 아련한 느낌에 젖어 내 가슴은 그리움으로 설레지만,
한여름 격렬한 숨결이 절정에 이르기 위한 것이라 생각하였습니다.

그때까지도 그 꽃이 이토록 가까이
내 자신 안에 있었다는 사실을 정녕 몰랐습니다.

이 온전한 향기가 마음 깊은 곳으로부터
꽃피어 풍겨 나오고 있는 줄 정녕 나는 몰랐습니다.

GITANJALI

이제 나는 내 배를 띄워야만 합니다.
아! 나른하기만 했던 헛된 시간일랑 이 강가에 남겨둔 채로…

봄은 나를 위해 꽃을 피워놓고 떠났습니다.
나는 빛바랜 꽃을 들고서
떠나지 못한 채 서성이고 있습니다.

물결이 소리 높여 일렁이고
강둑 위 그늘진 오솔길에 노란 낙엽이 팔랑이며 떨어집니다.

그대 어찌하여 먼 하늘만 바라보는지!
저 건너편 언덕으로부터 아득한 노래
바람타고 흘러와 허공을 지나는 그 전율을 왜 느끼지 못하는지…

22 외로운 나그네

비 내리는 칠월의 짙은 그늘 아래
어둡고 인적 없는 밤길을
님은 조용한 발걸음으로 걷고 있습니다.

오늘은 아침이 눈을 감고
동쪽에서 불어오는 요란한 바람소리도 듣지 못한 채,
늘 깨어있던 푸른 하늘마저
두터운 장막으로 뒤덮여 있습니다.

숲은 노래를 멈추었고 집집마다 문이 닫혀
님만이 이 인적 없는 길을
홀로 걷는 외로운 나그네입니다.

아! 내 유일한 친구, 내 가장 사랑하는 님이여!
내 집문 늘 열려 있으니
꿈속일랑 그냥 지나치지 마십시오.

23 비오는 밤, 님 기다리며

나의 친구여!
이처럼 폭풍우 몰아치는 밤에도
사랑의 길을 떠나셨나요?
하늘은 절망에 빠진 사람처럼 신음하고 있는데…

나의 친구여!
나 잠 못 이루고 밤새도록 문을 열어
어두운 밖을 내다봅니다.
눈앞에 아무것도 보이지 않건만,
님은 어느 길을 지나고 있을지…

나의 친구여!
어느 칠흑처럼 어두운 강어귀를 돌고,
어느 험한 숲길 한 모퉁이를 지나,
어느 깊은 어둠속 미로같은 길을 헤치며
지금 내게로 오시는지요.

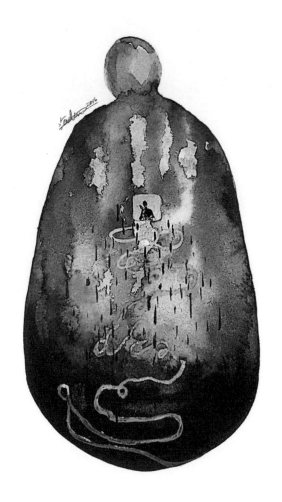

24 안식을 기원하는 마음

날 저물어 새들은 노래를 멈추고
바람도 지쳐 잦아들면,
두터운 어둠의 장막으로 나를 덮어 주세요.

땅거미 질 무렵,
님께서 잠의 이불로 대지를 덮어
고개 숙인 연꽃을 부드럽게 감싸주셨듯이…

여정을 마치지 못한 나그네의 봇짐이 다 비고,
해어진 옷은 먼지를 뒤집어쓴 채 걸을 힘마저 다 했을지라도
부디 이 나그네에게서 부끄러움과 빈곤함을 떨쳐주세요.

님께서 밤의 이불로 부드럽게 꽃을 감싸주셨듯이
이 지친 나그네의 생명 또한 고이 품어 주세요.

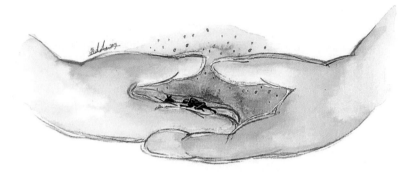

25 깊은 밤의 기도문

쉼이 필요한 이 밤,
님께 나를 맡기오니
뒤척이지 않고 편히 잠들게 해주세요.

미처 준비하지 못한 내 고단한 영혼이
초라하게 님 향해 경배하지 않도록…

낮 동안의 피로에 지친 두 눈에
밤의 장막이 드리울지라도
다음날 신선한 기쁨으로 눈뜰 수 있도록
늘 새롭게 하시는 님…

26 미몽(迷夢)에서 깨지 못하여

님께서 내 곁에 앉아 있는데도
나는 잠에서 깨어나지 못했습니다.
아! 얼마나 원망스럽고 한심하게 잠들어 있었던가?

님께서 거문고를 들고 찾아온 고요한 밤,
나의 꿈만이 님의 곡조에 이끌려 어울립니다.

아! 왜 나는,
나의 밤들을 그렇게 덧없이 지나게 했던 것일까?

아! 왜 나는,
님의 숨결이 나의 잠을 스치는데도
늘 님의 자취를 놓치고 있었던 것일까?

27 빛을 찾아서

빛이여!
아! 나의 빛은 어디에…
불타오르는 내 열망의 불로 등불을 밝히게 해주십시오.

여기 불꽃 깜박임 없는 등 하나 있습니다.
내 마음이여! 이것이 그대의 운명인가?
아! 차라리 죽음이 그대에게 더 나았을지도…

고뇌의 여신이 문 두드리며 전하기를,
그대의 주인은 잠들어 있지 않다고…
그대의 주인이 어두운 밤을 헤치며,
사랑의 보금자리로 부르고 있다고…

하늘은 먹구름으로 가득하고 쉼 없이 비가 내립니다.
하지만 가슴 가득 나를 뒤흔들고 있는 것이 무엇인지,
또 그 것의 의미가 무엇인 줄도 모릅니다.

번개가 칠 때면 시야는 더욱 깊은 어둠에 묻힙니다.
그러면 마음은 한 밤에 나를 부르는 선율을 따라

그곳으로 가는 길을 더듬어 찾아갑니다.

빛이여!
아! 나의 빛은 어디에…
이 불타오르는 내 열망의 불로 등불을 밝히게 해주십시오.

천둥이 치고 바람이 울부짖으며 허공을 가르는 이 밤은
검은 바위처럼 어둡기만 합니다.

님이여!
부디 어두운 이곳에 나 홀로 헤매지 않도록
살아 숨 쉬는 사랑의 등불을 밝힐 수 있게 해주십시오.

28 집착을 벗어난 자유를 향하여

집착은 나를 구속하는 족쇄이건만,
그 집착의 사슬을 끊으려 할 때마다 내 마음은 아픕니다.
자유를 향한 갈망은 내가 원하는 것이기에
그저 부끄럽기만 합니다.

품속에 헤아릴 수 없을 만큼의 보물을 간직한 님을
내 가장 소중한 친구라고 믿고 있으면서도
나는 아직 값싼 장식품들로 가득 채워진 이 방을
치울 엄두조차 내지 못하고 있습니다.

나를 휘감고 있는 이 옷들은
먼지처럼 덧없는 죽음의 가림막입니다.
나는 이 장막을 증오하면서도 미련이 남아
아직도 끌어안고만 있습니다.

지은 빚이 많이 남았고 내 부족함은 끝도 없으며,
내가 느끼는 은밀한 부끄러움은 나를 무겁게 합니다.

그런데도 나는 행복을 기원하는 기도를 올리며,
행여 내 기도가 받아들여지지 않을까
두려움에 떨고 있습니다.

29 나를 가두는 벽 쌓기

내 이름 안에 갇혀버린 님이 이 지하 감옥에서 울고 있습니다.
그런데도 여전히 나는 사방으로 벽을 쌓아 올리기만 했습니다.

나날이 높아가는 이 벽이 하늘 높이 올라가면,
벽의 어두운 그림자에 내 진정한 모습은 가려지고 말 것입니다.

그런데도 나는 이 자랑스럽기만 한 이름을 벽에 걸어두고
작은 틈새도 없이 모래로 채우고 흙으로 발라버렸습니다.

그리고 나는, 이 부질없는 정성으로 인해
내 진실한 모습 찾는 법을 잃고 말았습니다.

30 동행

나의 안식처를 찾아 길을 나섰습니다.
그런데 이 어둡고 고요한 밤길에
나를 따라오는 이는 누구입니까?

나는 그를 피해 비켜서지만
그에게서 벗어날 수 없습니다.
그의 당당한 걸음걸이는 흙먼지를 일으키고,
내 모든 중얼거림에도 이내 큰 소리로 답합니다.

나의 주인이여!
그는 바로 부끄러움을 모르는 작디작은 내 자아입니다.
그와 동행하며 님의 문전에 이르려는 내가
왜 이다지도 부끄러울까요?

31 슬픈 독백

간혀있는 이여, 내게 말하라.
그대를 가둔 이가 누구였는지를…
"나의 주인입니다." 라고 갇혀있는 이가 대답했습니다.

"나는 이 세상 누구보다도 부와 권력에 뒤처지지 않았고,
내 보물 창고는 왕에게 어울릴만한 재화로 채워 두었습니다."

그리고 나는 주인을 위해 마련한 침대에 누워 잠이 들었습니다.
그러나 깨어보니 나는 내 자신의 보물창고에 갇혀 있었습니다.

간혀 있는 이여, 내게 말하라.
끊을 수 없는 이 사슬을 만든 이가 누구였는지를…
"온 정성을 다해 이 쇠사슬을 만든 이는 바로 나 자신입니다." 라고
갇혀있는 이가 대답했습니다.

나는 내 불굴의 의지로 세상을 가질 수 있고,
누구의 방해도 없이 내 힘으로 자유를 가질 수 있다고 생각했습니다.
그래서 밤낮없이 큰 화로에 불을 피워 쇠를 달구고
온 힘을 다해 두드려서 이 사슬을 만들었습니다.

마침내 일을 마치고 보니 그 사슬의 고리는
끊을 수 없을 만큼 완벽하게 이어져 있었고,
그때서야 나는 그 사슬이
나를 단단히 묶고 있음을 깨달았습니다.

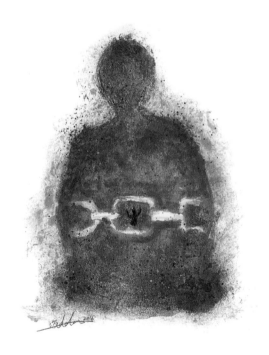

32 사랑 느낌

이 세상에서 나를 사랑하는 사람들은
어떤 방법으로든 나를 붙잡으려 합니다.

하지만 님께서는
그들의 사랑하는 방법과 다른 더 큰 사랑으로
나를 지켜주고 늘 자유롭게 놓아줍니다.

세상 사람들은 행여 내가 그들을 잊을까 하여
나를 홀로 두지 않습니다.

내 기도가 님께 이르지 못하고
마음속에 님을 담고 있지 못할 때도,
님은 여전히 나의 사랑을 기다리고 있을 뿐입니다.

33 어떤 손님들

어느 한낮,
낯선 손님들이 내 집에 찾아와 이렇게 이야기하였습니다.
"우리는 당신의 집에서 아주 작은 공간을 원할 뿐입니다."

또한 그들이 말하기를,
"우리는 당신이 신을 향해 기도할 때 도와줄 것입니다.
그래서 당신께 내려질 신의 은총을
우리 몫으로 나누어 갖고자 합니다."

그리고는 구석에 자리를 잡고 앉아
한동안 조용하고 얌전하게 있었습니다.

그러나 어두운 한밤중,
그들은 난폭하게 내 신성한 사원에 난입하였습니다.
그리고는 부정한 탐욕에 젖어
님의 제단에 놓인 제물을 강탈하였습니다.

34 사랑의 사슬

내 존재의 작은 일부분만 남겨 주신다면,
그 존재로써 님이 내 전부라고 말할 수 있을 것입니다.

내 의지의 작은 일부분만 남겨 주신다면,
내 의지로써 어디에서든 님을 느낄 수 있을 것입니다.

그러면 세상 모든 것들 속에서 님을 만나고
어떤 순간에도 내 사랑을 님께 바칠 수 있을 것입니다.

나를 붙드는 작은 사슬의 일부분만 남겨 주신다면,
그 것으로 인해 나는 님과 떨어질 수 없을 것입니다.

나를 묶는 이 작은 사슬의 일부가 님의 의지에 연결되고,
님의 뜻이 내 삶에서 이루어질 때
그 것이야말로 님이 나를 묶어둔 사랑의 사슬입니다.

35 그 곳에는

이 내 마음에 어떤 두려움도 없고 머리를 높이 치켜들 수 있는 그 곳,

자유를 이해할 수 있는 그 곳,

좁디좁은 국경의 장벽으로부터
세상이 분열되어 조각나지 않는 그 곳,

진리가 깊은 곳으로부터 솟아나는 그 곳,

지칠 줄 모르는 노력이 완성을 향하여 팔을 벌리는 그 곳,

이성의 맑은 물길이
이미 죽어버린 관습의 황량한 모래사막에서 길을 잃지 않는 그 곳,

이 내 마음이 님의 손에 이끌려
한계 없는 생각과 행동으로 지평을 넓히며 나아갈 수 있는 그 곳,

내 아버지여!
이런 자유로운 천국에 이르도록 내 나라를 깨워주세요.

36 가난한 사람의 기도

나의 주인이여!
이것이 내 당신께 올리는 기도이오니,
내 마음속 가난함의 뿌리를 내치시고 또 내쳐주십시오.

기쁨과 슬픔도 가볍게 참고 견딜 수 있도록
내게 용기를 주십시오.

님께 바치는 내 사랑이 열매를 맺을 수 있도록
내게 용기를 주십시오.

결코 가난을 거부하지 않고,
오만한 권력 앞에 무릎 꿇지 않도록
내게 용기를 주십시오.

내 마음이 일상의 사소함을 넘어
더 높이 날아오를 수 있도록
내게 용기를 주십시오.

그리고 님의 뜻에 따라
사랑의 마음을 나눌 수 있도록
내게 용기를 주십시오.

37 여행길에서

나는 모든 힘 소진한 이 여행을
마칠 때에 이르렀다고 생각했습니다.
앞길이 막혀 보이지 않고,
준비한 양식도 바닥났기 때문입니다.

그래서 고요한 침묵의 공간으로
나를 감출 때가 되었다고 생각했습니다.
하지만 당신의 한계 없는 의지가
내 안에 있음을 이제야 깨달았습니다.

옛 언어들이 내 입가에서 사라질 때,
새로운 곡조가 가슴으로부터 솟구쳐 나옵니다.
그리고 옛길이 사라진 그 곳에서
또 다른 세계가 경이로움 속에 드러나고 있습니다.

38 님을 원합니다

- 나는 오직 님만을 원합니다. -

내 마음이 끝없이 이 말을 되풀이할 수 있도록 해주십시오.

밤낮으로 나를 혼란하게 하는 온갖 욕망들은
근본 없는 헛되고 공허한 것들일 뿐입니다.

마치 빛의 기원을 자신의 어둠에 감추어 버리는 밤처럼,
내 무의식은 깊은 곳에서 갈망의 외침으로 울리고 있습니다.

- 나는 오직 님만을 원합니다. -

여전히 폭풍우가 온 힘을 다해서 나의 평온을 깨려 하지만
내 고요함 속에서 종말을 맞듯이,
당신의 사랑에 저항하던 내 반란도 결국은 이런 외침일 뿐입니다.

- 나는 오직 님만을 원합니다. -

39 내게로 와주세요

이내 마음이 힘들고 메마를 때,
내게 오셔서 소나기 같은 자비를 내려주세요.

이내 삶에서 은총이 사라졌을 때,
내게 오셔서 노래되어 터져 나오게 해주세요.

여기저기에서 혼란한 일들이 일어나
내 가고픈 모든 길을 가로막을 때,
침묵의 주인이여!
내게 오셔서 님의 평화와 안식으로 나를 감싸주세요.

제 마음이 거지처럼 한 구석에 웅크리고 갇혀 있을 때,
나의 왕이여!
내게 오셔서 닫힌 문을 부수고 왕의 예로서 나를 받아주세요.

욕망이 미혹의 티끌 되어 내 마음의 눈을 가릴 때,
아! 성스런 님이여! 늘 깨어 있는 님이여!
부디 빛과 같은 님의 모습으로,
천둥 같은 님의 음성으로 내게로 와주세요.

40 메마른 날의 탄식

아! 나의 신이여!
메마른 내 가슴에 비 내리지 않은 날이 이미 오래입니다.

강퍅해진 지평선에는 엷은 구름 한 조각 보이지 않고,
저 멀리로부터 소나기 한 줄 내릴 기미조차 없습니다.

만일 당신이 진정 원하시는 것이 이것이라면
죽음처럼 어두운 성난 폭풍우를 주시고,
당신의 번개 채찍을 이 하늘의 저쪽 끝까지 휘둘러
온 세상이 놀라도록 해주십시오.

그러나 나의 주인이여!
다시금 온 세상을 가득 채운 이 열기를 부디 거두어 주십시오.

아버지가 노여워하던 날,
눈물짓던 어머니 얼굴 같은 은총의 구름이
저 위로부터 아래까지 드리우게 해주십시오.

41 꿈속의 님 그리며

GITANJALI

내 사랑하는 이여!
님은 스스로 만든 그림자에 숨은 채
이 모든 이들 뒤편 어디쯤에 서 계시는지요.

사람들은 흙먼지 가득 쌓인 길 위로
님을 밀치고 무시하며 스쳐 지납니다.

나는 여기에서 님에게 드릴 선물을 펼쳐놓고
님 오시기만을 기다리며 지쳐갑니다.

그러는 동안에도 지나는 이들 다가와
당신께 드릴 내 꽃들을 하나씩 가져가
이제 내 바구니는 다 비워져 갑니다.

아침이 지나고 한낮의 시간도 지났습니다.
그리고 이제 저녁의 그늘에서
내 눈가는 나른한 졸음으로 가득합니다.

집으로 돌아가던 사람들이

나를 흘깃거리면서 비웃을 때면,
나는 너무도 부끄러워 구걸하는 소녀처럼
치맛자락을 들어 얼굴을 가립니다.

그들이 내게 무엇을 원하는지 물을 때,
나는 눈물을 떨구며 아무런 말도 하지 못합니다.

아! 내 진정 어떻게 그들에게 말할 수 있을까요?
님께서 나를 찾아오신다고 약속하셨고,
그래서 내가 님을 기다리고 있다고
내 어찌 부끄러워 말할 수 있을까요?
님에게 드릴 혼수품이 가난뿐이라는 것을…

아! 이 궁핍함을
내 가슴속 자부심으로 비밀스레 간직할 뿐…

나는 지금 풀밭에 앉아 하늘을 바라보며
문득 나를 찾아오시는 님의 모습을 꿈꾸어 봅니다.

불타듯 환한 빛무리의 님을 실은 수레가
금빛 찬란한 깃발 나부끼며 다가옵니다.

자리에서 내려오신 님께서
여름날 미풍에 흔들리는 덩굴 잎새처럼 떨고 있는
이 남루한 거지차림의 소녀를
흙먼지 속에서 안아 올려 님의 옆자리에 앉힐 때,
길가에 서 있는 사람들이 놀라 입을 다물지 못하고
멍하니 바라보는 그런 꿈 말입니다.

하지만 세월은 덧없이 흘러만 가고
님의 수레바퀴 소리는 아직도 들리지 않는데,
호화롭게 치장한 수많은 사람들의 행차만이
소란스레 지날 뿐입니다.

어찌 님께서는 모든 사람들 뒤편 그림자에 숨은 채
고요하게 홀로 서 계신지요?
그리고 왜 나는 부질없는 갈망으로 눈물 흘리며
애타게 님을 기다리고 있는 것일까요?

42 먼 항해

이른 아침 내게 속삭이는 소리는,
작은 배를 타고 님과 단둘이 먼 항해를 떠날 것이라고…
정처 없고 끝 없는 이 순례길은
세상 누구도 알 수 없는 오직 둘만의 여행일 것이라고…

해변이 보이지 않은 먼 바다에 이르러
님께서 조용히 미소 지으며 귀 기울이면,
나의 노래는 모든 언어의 속박에서 벗어나
물결처럼 자유롭게 아름다운 선율이 되어
멀리멀리 울려 퍼질 것입니다.

아직 그때에 이르지 못한 것인가요?
아직 해야 할 일이 남아 있는 것인가요?

어느새 땅거미 내려앉아 해변으로 다가오면,
저무는 석양빛을 등에 이고 바닷새들이 둥지 찾아 날아갑니다.

그 누가 알 수 있을까요?

석양의 마지막 한줄기 빛처럼,

언제쯤 이 작은 배

묶인 쇠사슬 풀려 밤의 적막속으로 스러질지…

43 님의 이름

님께서 내 가슴에 들어오셨는데도
이제껏 나는 님 맞을 준비조차 못했습니다.

나의 왕이여!
초대하지 못했음에도
님은 평범한 무리의 한 사람으로 찾아오셨습니다.

님은 덧없이 지나가버린 내 삶의 수많은 순간에
영원한 각인을 이 가슴에 새겨 놓았습니다.
그리고 오늘 나는 우연히 님의 이름과 마주쳤습니다.

그것은 내 잊혀진 사소한 날들의 슬픔과 기쁨,
그리고 추억들이 흙먼지에 범벅되어 뒹굴고 있는
님의 이름이었습니다.

님은 이 흙먼지 투성이 된 내 유치한 장난에도
경멸하거나 뒤돌아서지 않았습니다.
내 놀이방에서 들었던 님의 발자욱 소리는
이 별에서 저 별로 울려 퍼지는 메아리와 같습니다.

44 길가에 앉아

길가의 내 그림자가 빛을 쫓아가고,
여름을 깨우는 빗줄기를 지켜보며
선채로 이렇게 님을 기다리는 일이 내 기쁨입니다.

미지의 천상으로부터 전령들이 내려와
귓가에 속삭이고 바쁜 길을 떠납니다.

그러면 내 마음은 기쁨에 넘쳐나고,
스치고 지나는 산들바람의 숨결마저 감미롭습니다.

동터 오르는 새벽부터 저녁 늦도록
나 여기 문 앞에 앉아 있습니다.

문득 님 만나는 행복한 순간이
갑자기 찾아오리라는 것을 아는 까닭입니다.

님 기다리는 동안,
나 홀로 미소 지으며 노래하겠습니다.

님 기다리는 동안,

언약의 향 내음 하늘에 가득할 것입니다.

45 님의 발자욱 소리

그대는
조용한 님의 발자욱 소리를 듣지 못했나요?
님은 내게로 오시고, 오고 계시고,
언제나 한결같이 나를 찾아오십니다.

어느 시간이든, 어느 때이든, 매일 낮 밤,
님은 내게로 오시고, 오고 계시고,
언제나 한결같이 나를 찾아오십니다.

나는 수 없이 바뀌는 내 마음 가는 대로
온갖 곡조로 노래 불렀지만,
그 노랫말은 늘 '님은 내게로 오시고, 오고 계시고,
언제나 한결같이 나를 찾아오십니다.'입니다.

햇살 고운 사월의 향기로운 날,
숲길을 따라, 님은 내게로 오시고, 오고 계시고,
언제나 한결같이 나를 찾아오십니다.

비 내리는 칠월의 어두운 밤에도
천둥소리 울리는 구름마차를 타고서,
님은 내게로 오시고, 오고 계시고,
언제나 한결같이 나를 찾아오십니다.

슬픔이 또 다른 슬픔으로 이어질 때
내 가슴으로 밀려드는 것은,
나를 찾아오는 님의 발자욱 소리입니다.

내 기쁨을 밝혀주는 것 또한
황금빛 감촉으로 느껴지는
나를 찾아오는 님의 발자욱 소리입니다.

46 님을 느끼기까지

님께서 얼마나 아득히 먼 옛날부터
나를 찾아서 오고 계셨는지 알지 못했습니다.

해와 별들은 영원토록
나에게서 님의 모습을 가릴 수는 없을 것입니다.

수 많은 나날 아침저녁으로
나는 님의 발자욱 소리를 들었습니다.

님의 전령사가 내 마음 깊숙히 찾아와
은밀하게 나를 불렀습니다.

오늘 내 삶이 왜 이토록 온통 설레는지
떨리는 이 기쁨이 온 마음을 꿰뚫고 지나는지 알지 못했습니다.

이제는 내 모든 일을 마무리할 때,
비로소 님의 향기가 온통 대기속에 퍼져 있음을 느낍니다.

47 꿈속의 님 기다려

님께서 오시기를 기다리며 온밤을 헛되이 지새웠습니다.
행여 내 지쳐 잠든 아침녘에
님께서 문 앞으로 갑작스레 찾아오실지 염려됩니다.

아! 나의 친구들이여!
부디 길 열어 님의 발걸음 막아서지 않기를…

님의 발자욱 소리에도 만일 나 눈 못 뜰지라도 부디 깨우지 마십시오.
요란한 새들의 합창과 아침 햇살의 향연,
몰아치는 바람소리에는 깨어나고 싶지 않은 까닭입니다.

그래서 님께서 갑자기 내 집 문 앞에 오실지라도
그냥 나 이대로 잠들게 해주십시오.

아! 나의 잠이여!
님의 손길에 스러지기를 기다리는 내 소중한 잠이여…

아! 내 감은 눈은 잠의 어둠에서 나타나는 꿈처럼,
님께서 내 앞에서 미소의 빛을 주실 때만 오직 뜨이는 내 눈이여…

모든 빛과 만물의 시원(時原)처럼 님의 모습을 내게 보여 주십시오.

잠에서 깨어난 내 영혼은 님의 눈길로부터 첫 기쁨의 감동이 되리니,
진아(眞我)에 귀의(歸意)함이 곧 님 향한 귀의가 되게 해주십시오.

48 님께 다가서려

고요한 아침 바다는 새들의 지저귐에 잔물결이 일고,
길가의 꽃들은 즐거운 미소로 우리를 반깁니다.

구름 사이로 황금빛 햇살이 쏟아져 내리고 있어도
우리는 바쁜 갈 길을 가느라 거들떠보지도 않았습니다.

우리는 즐거운 노래를 부르지도,
한가로운 놀이도 하지 않았습니다.

우리는 마을에서 무엇을 사고팔지도 않았으며,
한마디의 말이나 웃음도 없었습니다.

우리는 이 길에서 한눈 팔지 않고,
그저 빠르게 흘러가는 시간 속에
더욱 발걸음을 재촉할 뿐이었습니다.

태양이 중천에 떠오를 때면,
비둘기들은 그늘에서 울고 있습니다.
뜨거운 한낮의 열기에 시든 나뭇잎들이 춤추며 떨어집니다.

반얀나무 그늘 아래 잠든 목동이 꿈꿀 때면,
나 또한 물가 풀밭에 누워 피로에 지친 팔과 다리를 쉬게 합니다.

내 친구들이 고개를 빳빳이 세운 채 나를 비웃고,
뒤돌아보지도 않은 채 저 먼 푸른 안개 속으로 쉼 없이 사라졌습니다.
그들은 수 많은 들판과 언덕을 넘어 머나먼 나라들을 지났습니다.

- *끝없이 이어지는 이 길의 모든 영광은 그대들의 것이니* -

이와 같은 조롱과 책망이 나를 자극하여 일으켜 세우려 했지만,
나는 아무런 반응도 할 수 없이 무력하기만 했었습니다.

나는 모든 것을 체념한 채 기꺼이 굴욕의 깊은 늪에,
희미한 희열의 그림자에 내 자신을 던졌습니다.

태양을 수놓은 풀빛 어둠의 안식이 내 가슴 위에 천천히 번져옵니다.
나는 내 여정의 목적을 잊은 채, 아무런 저항 없이
그들과 노래로 만들어진 미로에 내 마음을 맡깁니다.

마침내 단잠으로부터 깨어나 눈을 떴을 때,
비로소 나는 미소로 잠을 흠뻑 적시며
내 곁에 서 계신 님을 보았습니다.

멀고 지루한 고난의 이 길을 힘들어하면서 나 얼마나 두려웠던가!
님께 이르고자…

49 님이 주실 꽃 한송이

GITANJALI

님은 옥좌에서 내려와 내 오두막집 앞에 서 계십니다.
나는 늘 한구석에서 홀로 노래하고 있었지만,
내 노래 선율은 님의 귓전까지 이르러
옥좌에서 내려온 님께서 내 오두막집 앞에 서 계십니다.

님의 현관에는 언제나 명사들로 넘쳐있어
그 곳은 언제나 노래가 끊이지 않습니다.

그런데도 미숙한 내 찬가는 당신의 사랑에 닿아,
보잘것 없고 애처로운 내 한줄기 선율마저도
이 세상의 위대한 음악에 섞입니다.

님은 상으로 주실 꽃 한송이를 들고 내려와
내 오두막집 문 앞에 멈추셨습니다.

50 후회합니다

내가 마을을 떠돌며 이 집 저 집에서 구걸하고 있을 때,
장엄한 꿈처럼 님의 황금마차는 저 멀리서 나타났습니다.

그때까지도 나는 누가 왕들의 왕인 줄 몰랐습니다.

희망에 부푼 나는 이제 불행이 끝나가고,
요청하지 않아도 님이 베풀어주실 자비로움으로 흙먼지 위 온천지에
재물이 흩뿌려지리라 생각하며 마냥 서서 기다리고 있었습니다.

마차는 내가 서 있는 곳으로 다가와 멈추었고,
님은 얼굴 가득 미소 지은 채
나를 바라보며 마차에서 내려오셨습니다.

드디어 내 삶에도 행운의 시간이 찾아왔다고 생각하는 순간,
갑자기 님은 손을 내밀며 물었습니다.

"그대는 내게 무엇을 줄 수 있는가?"

아! 거지에게 손 내밀어 구걸하는 왕이라니요?
나는 깜짝 놀라 어찌할 바를 모른 채 서 있다가
정신을 차려 내 자루에서 작은 옥수수 한 알을 님께 드렸습니다.

하지만 날이 저물어 집에 돌아와
내 자루에 든 것들을 모두 풀어보았고,
마침내 나는 남루한 물건들 사이에서
아주 작은 황금알갱이를 보았습니다.

그것을 보면서 얼마나 놀랐던가!
나는 비통한 마음에 울었습니다.

만일 내 가진 전부를 님께 드리고자 마음 먹었다면
얼마나 좋았을까 뒤늦게 후회하면서 말입니다.

51 깊은 밤에 찾아오신 왕

날이 저물고 하루 일과도 끝났습니다.
마을을 찾은 마지막 손님까지 이미 도착하여
더 이상의 손님이 없으리라 우리는 생각했습니다.
마을의 집들은 모두 문을 닫았습니다.
누군가 왕이 찾아올 것이라고 말했고,
우리는 웃으며 *"아니 그럴리 없어"* 라고 대답했습니다.
어디선가 문 두드리는 소리가 들리는 것 같았지만,
그냥 스치는 바람소리로 생각했습니다.

등불을 끄고 잠자리에 누웠을 때,
누군가가 나직하게 *"이것은 왕의 전령소리야"* 라고 말했지만,
우리는 *"아니! 바람소리일 뿐이라니까"* 라고 웃으며 대답했습니다.

한밤중에 어떤 소리가 들려왔지만,
잠에 취한 우리는 그저 먼 곳에서 울리는 천둥소리로 여겼습니다.
지축이 울리고 벽이 흔들려 잠자리를 뒤척였습니다.

누군가 이 소리는 마치 수레바퀴 구르는 소리라고 말했지만,
잠에 취한 우리는

"아니 저것은 분명히 먹구름 사이의 천둥소리일 뿐이야" 라고
중얼거렸습니다.

아직 어두운 깊은 밤, 북소리가 울렸을 때,
누군가가 *"일어나! 서둘러!"* 라고 소리쳤습니다.
우리는 두 손으로 가슴을 감싼 채 두려움에 떨었습니다.

누군가 *"아! 저것은 왕의 깃발이다"* 라고 말했을 때,
비로소 벌떡 일어나 *"더 머뭇거릴 시간이 없다"* 고 아우성쳤습니다.

왕이 찾아오셨는데 등불은 어디에 있고, 꽃다발은 어디 있나?
왕께서 앉으실 자리는 어디에 마련되어 있단 말인가?
아! 부끄럽구나. 아! 진정 부끄럽구나!
왕을 모실 대청에 꾸밀 장식들은 어디에 두었던가?

누군가 탄식하며 말하기를,
"이제 와서 울어본들 무슨 소용인가?
그대들은 빈손으로 왕을 영접하고,
아무것도 없는 그대들의 텅 빈 방에 왕을 모실 수밖에…"

문을 열고 소라고동 나팔 크게 불어라!

이 깊은 밤,

우리의 어둡고 누추한 집으로 왕께서 찾아 오셨도다.

천둥이 하늘을 뒤흔들고, 어둠은 번갯불에 떨고 있나니…

그대들은 다 헤진 넝마조각이라도 꺼내어 안마당에 자리를 펼쳐두라.

두려운 밤,

폭풍우를 뚫고서 우리의 왕께서 불현듯 찾아오셨나니…

52 님이 남겨 놓으신 선물

님의 목에 두르신 장미화환이 탐나서
내게 달라고 부탁하려 했지만
차마 그 말을 꺼내지 못했습니다.

그래서 아침이 되어 님 떠나시면,
침상에 떨어진 꽃잎 몇 개라도 줍고자 기다렸습니다.

여명이 밝아오고 나는 구걸하듯
님의 침상 위에 떨어졌을 꽃잎 몇 개라도 찾으려 했습니다.

아! 내가 찾은 이것은 무엇인가요?
님이 남겨 놓으신 이 사랑의 정표는 무엇인가요?
이것은 꽃도, 향료도, 향수 담긴 병도 아니었습니다.

이것은 불꽃처럼 번쩍이고 우뢰와 같이 커다란
님의 단단한 칼입니다.

싱그러운 아침햇살이 창문으로 들어와
님께서 쉬어 가신 침상 위를 환히 비출 때,

아침 새들이 지저귀며 물어옵니다.

"아가씨! 무엇을 얻으셨나요?"
"아니. 내가 찾은 것은 꽃도, 향료도, 향수 담긴 병도 아닌,
님의 무서운 칼을 찾았단다."

나는 님께서 주신 이 놀라운 선물의 의미를 헤아릴 길 없어
자리에 주저앉아 명상합니다.

나는 님께서 주신 이 칼을 숨길 곳을 찾을 길 없습니다.
나는 님께서 주신 이 칼을 간직하기에는
너무나 부끄럽고 연약하기만 합니다.
이 칼이 내 가슴을 향하면 상처가 될 줄도 알고 있습니다.

그렇다 해도 님께서 주신 이 선물을,
이 고통스러운 영광의 짐을,
나는 가슴에 안고서 살아갈 것입니다.

이제부터 내게는 이 세상에 남겨진 어떤 두려움도 없습니다.

님은 내 모든 투쟁 속에서 승리를 거둘 것이기에…

님은 나를 위해 죽음을 동반자로 삼으셨으니,
내 목숨 맡겨 내 동반자인 죽음에 왕관으로 장식할 것입니다.

모든 구속을 잘라낼 수 있는 님의 칼을 품은 내가
이 세상에 두려울 것이 무엇일까요?
이제 온갖 하찮은 치장을 떨쳐버릴 것입니다.

내 마음의 주인이여!
나는 더 이상 구석에 숨어 님을 기다리거나 울지 않을 것입니다.
더는 부끄럽지도, 주저하지도 않을 것입니다.

님께서 모든 꾸밈을 대신할 이 칼을 주셨으니,
나에게 더 이상 인형장식은 필요 없습니다.

53 님의 칼

무수한 빛깔들이 채색된 보석 같은 별들로
꼼꼼하게 꾸며진 님의 팔찌는 참으로 아름답습니다.
하지만 내게는 이보다 더 아름다운 것이 있습니다.

이 세상을 허용하는 신(Vishnu*)을 태운 불사조(Garuda*)가
아름다운 날개를 펼친 것과 같은 님의 이 칼은
성난 듯 타오르는 붉은 저녁 노을속에서
완전한 균형과 우아한 곡선을 이루고 있습니다.

님의 칼은 죽음의 마지막 일격을 받아 죽어가는
생명들의 황홀한 떨림처럼 전율하고 있습니다.

또한 이 칼은 강렬한 한줄기 빛으로
순식간에 세상의 모든 감각들을 불태울
순수한 존재의 불꽃으로 빛나고 있습니다.

무수한 별들로 꾸며진 님의 팔찌는 참으로 아름답습니다.

그러나 천둥의 주인이시여!

바라만 보아도, 상상만 하여도 두려운

지고한 아름다움으로 만들어진 님의 칼에 비할 수는 없습니다.

54 아침명상

나는 님께 그 무엇도 원하지 않았습니다.
님의 귓전에 내 이름을 속삭인 적도 없습니다.

그저 님께서 작별을 고하셨을 때,
나무 그림자 비스듬히 드리운 우물가에 홀로 서 있었을 뿐입니다.

우물가의 여인들은 질항아리 가득 물을 길어
이미 집으로 돌아갔습니다.
집으로 향하던 여인들이 내게
"이제 아침이 지나 한낮이 다 되었으니 함께 집으로 돌아가요" 라며
불렀지만,
나는 우두커니 우물가를 한동안 서성이고 있었습니다.

님이 오셨을 때,
나는 님의 발자욱 소리를 듣지 못했습니다.
님은 슬픈 눈길로 나를 보며,
"아! 나는 목마른 나그네라오"
피곤에 지친 목소리로 나지막이 내게 말했습니다.

님의 음성에 문득 몽상에서 깨어난 나는
항아리에 물을 떠서 님이 내미신 양손에 부었습니다.

나뭇잎들이 내 머리위에서 살랑이던 그 때,
보이지 않는 숲 그늘 어딘가에서 뻐꾸기 노랫소리 들려오고,
은은한 바블라(Babla*)꽃 향기는
구비진 길모퉁이 어딘가에서 스쳐왔습니다.

님께서 내 이름을 물어왔을 때,
나는 부끄러워 대답을 못하고 서 있었습니다.

진정 내가 님을 위해 할 수 있었던 일이 무엇이었던가요?
님이 나를 기억할만한 어떤 일을 했었는지
지금도 나는 알지 못합니다.

다만, 님께 마실 물을 드려 갈증을 적셔드렸던 기억만이
내 가슴에 남아 감미롭게 감싸고 있을 뿐입니다.

아침 시간이 다 지나가는 지금,

새들이 노래하는 머리위로 니임(Neem*)나무 잎새들이 살랑입니다.

그리고 나는 여전히 그 자리에 앉아 깊은 명상에 들어 있습니다.

55 잠에서 깨어나기를

그대의 마음은 나태함으로 젖어있고,
아직 두 눈은 졸음에 빠져 있습니까?

가시나무들 사이로 꽃들이
온통 만발해 있다는 소식을 그대는 듣지 못했는지요?

잠깨어 일어나기를.
아! 진정 깨어나기를…

이토록 헛되이 낭비할 시간이 없습니다.

인적도 없는 한적한 시골,
자갈길 끝나는 그곳에 나의 친구가 홀로 앉아 있나니,
그의 기다림을 실망시키지 않도록…

잠깨어 일어나기를.
아! 진정 깨어나기를…

저 하늘이 한낮의 햇살에
헐떡이며 떨고 있다한들 어떠하고,
열기에 달구어진 모래가
갈증의 옷자락을 펼쳐 놓은들 어떠하리.

그대 마음 깊은 곳에
기쁨의 작은 씨앗 하나 남아 있다면,
그대가 내딛는 발걸음 하나하나가 하프의 길이 되어
고통 속에서도 감미로운 선율을 울리지 않겠는가?

56 내 안에 담은 님

님은 내 온마음을
이토록 기쁨으로 가득 채우려 내게로 오셨습니다.

아! 모든 천상의 주인이신 님이여!
만일 내가 없었다면 님의 사랑이 머물 곳은 어디였을까요?

님은 이 모든 행복을 나눌 동반자로 나를 택하셨으니,
님의 즐거운 놀이는 내 마음 안에서 끝없이 이어지고 있습니다.

내 삶이란,
님의 의지가 끊임없이 이루어지고 있는 놀이터입니다.
지고한 왕이신 님은 당신이 사로잡으신 내 마음을 통해
스스로를 아름답게 꾸미고 계십니다.

또한 그렇게 하시려는 님의 사랑은
내 사랑하는 사람들 사이로 녹아들었습니다.

그리하여 이제 님의 모습은
둘만의 완전한 일치 속에서만 드러납니다.

57 빛을 노래하며

빛이여!
나의 빛이여!
온 세상을 가득 채우는 빛이여!
눈에 입맞춤하는 빛이여!
이내 가슴을 감미로움으로 적시는 빛이여!

아, 내 사랑!
내 생명의 한가운데에서 춤을 추는 빛이여!

이 빛이 내 사랑의 현(絃)을 울리면,
하늘은 열리고 세찬 바람속에 웃음소리 대지를 스칩니다.

나비들이 빛의 바다 위에서 날개의 돛을 펼쳐 날아오르고,
백합과 자스민이 빛의 물결 위에서 춤을 춥니다.

빛이 온갖 구름위에 황금빛으로 물들이며
수 많은 보석들을 아낌없이 흩어 놓습니다.

아! 내 사랑!
환희에 찬 웃음소리가
이 잎새에서 저 잎새로 번지는
한량없이 충만한 기쁨입니다.

천상의 강이 강둑을 넘고 기쁨의 홍수가 되어
아득히 먼 곳까지 세상을 적십니다.

58 내 마지막 노래는

이 모든 기쁨의 곡조들을
내 마지막 노래에 녹아들게 해주십시오.

풍요한 대지위에 온갖 풀잎들로 넘치는 기쁨.
삶과 죽음이라는 쌍둥이 형제가 온 세상을 춤추며 뛰노는 기쁨.
온갖 생명들을 웃음으로 흔들어 깨우며 폭풍처럼 휘몰아 오는 기쁨.
활짝 핀 붉은 연꽃위에 고통의 눈물 지은 채 고요히 앉아 있는 기쁨.

내가 가진 모든 것을 흙먼지 위에 던진다 해도
말로는 표현할 수 없는 기쁨.

이 모든 기쁨의 곡조들을
내 마지막 노래에 녹아들게 해주십시오.

59 알 수 있어요
GITANJALI

그렇습니다. 나는 알 수 있습니다.
이 모든 것들이 님의 사랑임을…

아! 내 가슴깊이 사랑하는 이여!
온갖 잎새들 위에서 춤추는 황금빛 햇살과
하늘을 떠다니는 느릿한 구름들,
내 이마 위에 서늘한 자취를 남기고 지나가는 이 미풍까지도
님의 사랑임을 나는 알 수 있습니다.

내 두 눈을 가득 채우는 아침 햇살은
님께서 내 가슴에 보내는 편지임을
나는 알 수 있습니다.

님의 얼굴이 높은 곳에서 굽어보고 있음을…
님의 눈이 내 두 눈을 내려다보고 있음을…
내 마음 어느새 님의 발끝에 닿아 있음을…

그렇습니다. 나는 알 수 있습니다.

60 해변의 아이들

끝없는 세상의 해변에 아이들이 모였습니다.

드넓은 하늘이 머리 위로 드리웠고 파도는 쉼 없이 일렁입니다.

끝없는 세상의 해변에 아이들이 모여 떠들고 춤을 추며 놉니다.

아이들은 모래성을 쌓고, 조개껍데기를 가지고 놉니다.

환하게 웃으며 마른 나뭇잎 배를 먼 바다에 띄워 보냅니다.

끝없는 세상의 해변에 아이들이 모여 놉니다.

아이들은 헤엄칠 줄도, 그물을 던질 줄도 모릅니다.

아이들이 조약돌을 모으고 다시 흩뜨려 놓는 동안에도,

진주 조개잡이 어부들은 진주를 찾아 바다에 뛰어들고,

상인들은 배를 타고 항해를 떠납니다.

아이들은 숨겨진 보물을 찾을 줄도, 그물을 던질 줄도 모릅니다.

바다는 파도를 일으켜 웃으며 해변으로 달려오고,

백사장은 하얀 미소를 지으며 희미하게 반짝입니다.

아기의 요람을 흔들며 알 수 없는 노래를 흥얼거리는 엄마들처럼,

죽음을 가리는 파도가 아이들에게 뜻 모를 이야기를 노래합니다.

바다는 아이들과 함께 놀고,
백사장은 하얀 미소를 지으며 희미하게 반짝입니다.

끝없는 세상의 해변에 아이들이 모였습니다.
폭풍이 길 없는 하늘을 가로지를 때면,
배들은 부서져 바다 위에서 자취를 감춥니다.

죽음이 바다 위를 떠돌지만, 아이들은 그저 놀기만 합니다.
끝없는 세상의 해변은 아이들이 모이는 큰 놀이터입니다.

61 아기의 잠은 어디에서

아기 눈가에 아물거리는 잠,
그 잠이 어디에서 오는지 그대는 아시나요?

누군가 말하기를,
반딧불이 어렴풋이 반짝이는 숲 그늘 어딘가에
요정들이 사는 마을이 있답니다.

그 곳에는 마법으로 피운 두 송이 꽃이 수줍게 흔들리고 있고,
아기의 잠은 그 꽃봉오리가 보금자리랍니다.
잠은 그 곳에서 찾아와 아기의 눈에 입맞춤을 한답니다.

잠든 아기의 입가에 번지는 미소,
그 미소가 어디에서 오는지 그대는 아시나요?

누군가 말하기를,
스러지는 가을날 여린 초생달의 가냘픈 빛이
구름 가장자리에 닿을 무렵,
잠든 아기의 입가에 번지는 미소는
이슬에 젖은 아침 꿈속에서 막 생겨난답니다.

부드러운 아기 손발의 달콤한 살 내음,
그 신선함이 그동안 어디에 숨어 있었는지 그대는 아시나요?

누군가 말하기를,
엄마가 소녀였을 적에 사랑스럽고 부드러운 침묵의 신비가
가슴 깊이 스며있던 것이랍니다.
부드러운 아기 손발의 달콤한 살 내음,
그 신선함은 거기에 숨어 있었답니다.

너를 통해 알았다

내 아들아!
너에게 색색의 장난감들을 건네며 나는 알게 되었단다.

왜 구름 사이로 수면 위에 그런 오색 빛 향연이 펼쳐지고,
왜 꽃들은 갖가지 색으로 단장하고 있는지를…
너에게 색색의 장난감들을 건네며 알게 되었단다.

내가 노래 불러 너의 춤을 보려 할 때,
나뭇잎 사이로 음악이 흐르고 있음을 가슴으로 느낄 수 있었단다.

왜 물결이 귀 기울이는 대지의 심장에 합창하고 있는지를…
내가 노래 불러 너의 춤을 보려 할 때 알게 되었단다.

네가 달콤한 것을 원할 때,
네 손에 사탕을 건네며 나는 알게 되었단다.
왜 꽃봉오리 속에 꿀이 들어 있고,
왜 과일들은 향기로운 과즙으로 갈무리되어 있는지를…
네가 달콤한 것을 원할 때,
네 손에 사탕을 건네며 나는 알게 되었단다.

사랑스런 나의 아들아!
방긋 웃는 너를 보려 네 볼에 입 맞추며 나 진정 알게 되었단다.
햇빛 쏟아지는 아침 하늘에서 여울져오는 기쁨이 어떤 것이고,
또 여름날의 미풍이 내 온몸을 감싸는 환희가 어떤 것인지를…
방긋 웃는 너를 보려 네 볼에 입 맞추며 나 진정 알게 되었단다.

63 나의 동반자

님은 내 미처 알지 못한 친구들을 만나게 하셨고,
내 집이 아닌 곳에서도 머물 수 있게 하셨습니다.

님은 멀리 있는 것을 가깝게 하시고,
낯선 이들과도 형제가 되게 하셨습니다.

정든 집을 떠나야 할 때면 내 마음은 편하지 않았습니다.
그것은 제 자신이 새로운 것에도 옛것이 깃들어 있음을,
그곳에 또한 님이 함께 계심을 잊었기 때문입니다.

이 세상 또는 저 세상에 태어남과 죽음을 통해
님께서 나를 어느 곳으로 이끄실지라도,
님은 항상 기쁨의 끈으로 내 마음을
미지의 세계에 연결해주시는 제 삶의 끝없는 동반자입니다.

누구든 님을 알게 되면,
이방인이 따로 없고 닫힌 문 또한 없습니다.

아! 부디 제게 기도를 허락하셔서 잡다한 일들에 빠져
님과 만날 유일한 축복을 결코 놓치는 일이 없도록 해주십시오.

64 등불을 빌려 주세요

잡초 무성한 황량한 강가 비탈에서 나는 그녀에게 물었습니다.
"아가씨, 외투로 등불을 가린 채 당신은 지금 어디로 가십니까?
내 집은 어둡고 쓸쓸하니 당신의 등불을 빌려줄 수는 없는지요?"

어둠속에서 그녀는 검은 눈망울로 내 얼굴을 물끄러미 바라보았습니다.
그리고 말하기를,
"저는 땅거미 지는 서녘 강물 위에 등을 띄우기 위해서입니다."

나는 잡초 무성한 강기슭에 홀로 희미한 그녀의 등불이
물결을 따라 아스라이 떠가는 것을 지켜보며 서 있었습니다.

깊고 고요한 어느 밤에 나는 그녀에게 물었습니다.
"아가씨, 등불이 모두 켜졌는데 당신은 어디로 가십니까?
내 집은 어둡고 쓸쓸하니 당신의 등불을 빌려줄 수는 없는지요?"

그 자리에 선 채 그녀는 검은 눈망울로
잠시 내 얼굴을 쳐다보며 애매한 표정을 지었습니다.
그리고 말하기를,
"저는 등을 하늘에 바치기 위해 이곳에 왔습니다."

나는 홀로 그녀의 등불이 아스라이 허공중에 타오르며
사라지는 것을 지켜보며 서 있었습니다.

달빛마저 없는 깊은 밤 어둠속에서 나는 그녀에게 물었습니다.
"아가씨, 가슴에 등불을 품고 그토록 원하시는 것이 무엇입니까?
내 집은 어둡고 쓸쓸하니 당신의 등불을 빌려줄 수는 없는지요?"

그녀는 잠시 가던 길을 멈추고
어둠속에서 검은 눈을 들어 내 얼굴을 바라보았습니다.
그리고 말하기를,
"저는 등불 축제에 참가하려 등을 가져왔습니다."

나는 홀로 그녀의 작은 등이 무수한 등불 사이로
아스라이 사라지는 것을 지켜보며 서 있었습니다.

내안의 님

나의 신이여!
넘쳐흐르는 내 생명의 잔으로
어떤 감로수(甘露水)를 마시려 하십니까?

나의 시인이여!
내 눈을 통해 님의 창조물들을 바라보시고,
조용히 내 귓가에 서서 영원한 어울림에
귀 기울이심이 당신의 기쁨인가요?

님의 세계가 내 마음 안에서 노랫말을 엮고,
님의 기쁨은 그 노랫말에 선율을 입혔습니다.

님은 사랑으로 당신을 내게서 드러내시고,
이렇게 감미로운 님의 온전함을 내 안에서 느끼십니다.

66 면사포를 쓴 여인

나의 신이여!
잠시 비추는 새벽빛과 땅거미 지는 황혼에도,
내 존재 깊은 곳에 늘 남겨진 여인이 있습니다.

아침 햇살에도 단 한 번 면사포를 벗은 적이 없는 이 여인은
내가 이 세상의 마지막 노래로 감싸 님께 올리는
마지막 선물이 될 것입니다.

허나 어떠한 말로도 그녀의 사랑을 아직까지 얻지 못했고,
그녀에게 온갖 설득과 열정의 팔을 내밀었지만
다 부질없는 일이었습니다.

나는 내 가슴 깊이 그녀를 간직한 채로
이 나라 저 나라를 정처 없이 떠돌았습니다.

그리고 그녀를 둘러싼 내 삶은 발전과 쇠락을 거듭했습니다.
그녀는 저만치 떨어진 채로 내 생각과 행동,
내 잠과 꿈을 지배하고 있었습니다.

수 많은 남자들이 나의 문을 두드리며 그녀를 원했으나,
모두 절망하며 발길을 돌렸습니다.

이 세상에 아무도 그녀의 얼굴을 마주한 사람은 없습니다.
다만 그녀는 님께서 알아주기만을 기다리며
외로움 속에 홀로 남아 있습니다.

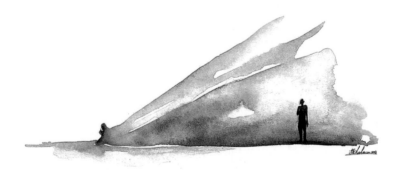

67 님의 보금자리

님은 하늘이며,
또한 보금자리입니다.

아! 아름다운 이여!
보금자리는 바로 온갖 빛깔, 소리와 향기로
영혼을 감싸주는 님의 사랑입니다.

고요한 아침,
그는 아름다운 화환이 담긴 황금빛 바구니를 오른손에 들고
대지를 왕관으로 아름답게 장식하기 위해 찾아오고 있습니다.

휴식의 서쪽 바다에서 길어 올린 평안의 물이 담긴
황금빛 주전자를 드신 님이 자취 없는 길을 따라
가축들이 떠난 쓸쓸한 초원 위로 이 저녁에 찾아오실 것입니다.

영혼을 싣고 날아오를 무한한 창공이 펼쳐진 그 곳은
때 묻지 않은 순백의 빛으로 찬란한 곳입니다.

그 곳은 낮도 밤도 없고 형상도 색채도 없으며,
그 어떤 언어도 존재하지 않습니다.

68 님의 구름은

님의 햇살은 두 팔을 활짝 열고서
내가 살아가는 이 대지 위로 찾아옵니다.

그리고 나의 집 문 앞에 서서 내 눈물어린 한숨들과
노래로 짠 구름들을 당신의 발아래로 되돌립니다.

님은 이 대지 위를 무수한 별들로 반짝이는 가슴 언저리에
기쁨으로 감싸 품어 주십니다.
그리고 이 모든 물상들을 헤아릴 수 없는 모양으로 바꾸시고,
언제나 변화하는 색으로 물들입니다.

아! 티 없이 맑은 님이여!
이들은 너무도 가볍고 덧없으며,
눈물 맺힌 연약한 어둠을 지닌 까닭에
님께서 이들을 사랑하시는 이유입니다.

또한 님의 눈부시게 장엄한 순백의 광채가
이 애처로운 그림자들을 모두 덮을 수 있는 까닭입니다.

69 내 생명의 기원은

나의 핏줄을 따라 밤낮으로 흐르는 생명의 물줄기는
세상 어디에도 흐르며 장단에 맞추어 춤을 춥니다.

생명은 싹을 틔우기 전 무수한 풀잎들 사이에 숨어 있다가
잎새와 꽃들로 격정의 물결되어 번져가는 어느 날,
대지의 흙먼지를 뚫고서 기쁨으로 솟구쳐 나옵니다.

생명은 밀물과 썰물처럼 삶과 죽음이라는
바다의 요람에서 흔들거리는 것과 같습니다.

이 생명의 세계에 늘 베풀어주시는 손길이 있어
나의 팔과 다리가 영광스러움을 느낍니다.

그리고 내가 느끼는 이 자부심은,
수 없는 세월동안 이어져 온 생명의 고동이
이 순간에도 내 핏속에서 춤추고 있다는 사실에서 비롯된 것입니다.

70 기쁨을 허락하소서

이 선율의 즐거움에 기뻐하는 것이,
이 두려운 기쁨의 바퀴에 휘말리고 부서지는 것이,
님에게 누가 될까요?

모든 것들이 쉴 없이 내달립니다.
그들은 멈추거나 뒤 돌아보지 않고
그 어떤 힘으로도 붙잡아 돌이킬 수 없을 만큼
오직 앞만 보고 달려 나갑니다.

이 쉴 없이 빠른 장단에 발 맞추며
계절들이 춤을 추며 오고 갑니다.

온갖 빛깔과 곡조와 향기가 매 순간마다
끊이지 않는 폭포처럼 밀려와 넘치는 기쁨되어
사방으로 퍼지고 잦아들다가 사라집니다.

71 나는 님의 분신

내 자신의 다양한 면모를 온 사방으로 펼쳐
님의 찬란한 빛 위에 색색의 그림자로 드리우는 것은
바로 님이 만드신 환상(Maya*)의 세계입니다.

님은 스스로의 존재 안에서 벽을 세우셨으나,
무수하게 나뉘어진 님의 분신들은
다양한 선율로 노래를 부릅니다.
이렇게 분화된 님의 분신이
내 안에서 육체의 형태를 취했습니다.

애절한 그 노래가 셀 수 조차 없는 눈물과 미소로,
놀람과 희망으로 온 하늘에 메아리칩니다.
물결이 밀려왔다 스러지고
꿈들이 깨지다 또 다시 형태를 이루는 것은,
제 속에 님의 적멸(寂滅)이 있기 때문입니다.

님께서 펼쳐 놓은 장막(帳幕)에는,
밤과 낮의 붓으로 그려두신
헤아릴 수 없는 모습들이 존재하고 있습니다.

그 장막은 놀랍고도 신비한 곡선들로 짜여있어
의미 없는 직선들을 모두 포기할 수밖에 없습니다.

님과 내가 연출한 이 놀라운 장관이
온 하늘을 뒤덮고 있습니다.

님과 내가 만든 선율로 인해 온 대기가 떨리고,
이렇듯 님과 나의 숨바꼭질이 이어지는 동안
적멸(寂滅)의 세월이 흐릅니다.

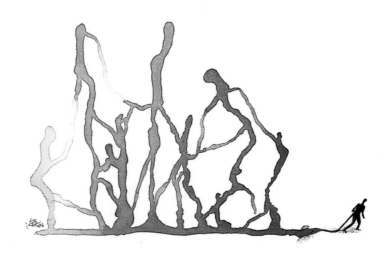

님은 가장 내밀한 곳에 머물며
깊고 은밀한 손길로 내 존재를 눈뜨게 합니다.

님은 이 두 눈을 매혹 시켰습니다.
다채로운 기쁨과 고통의 심금(心琴)을 울려서
늘 즐거운 가락으로 엮어내시는 분입니다.

님은 이 세상의 온갖 환상(Maya)을 엮어서 금빛과 은빛,
파랑과 초록의 섬세하고 미묘한 색조의 장막을 짭니다.

겹겹으로 짠 장막 사이로 님의 발끝이 언뜻 비치면,
나는 그 발끝에 닿아 내 존재를 잊고 맙니다.

새날이 다가오고 그렇게 세월은 지납니다.
님은 수 많은 이름과 다양한 모습으로 찾아와
기쁨과 슬픔을 녹인 더 큰 환희로
언제나 변함없이 내 마음을 적시고 있습니다.

내게 있어 해탈은 체념이 아닙니다.
수 천 가지의 즐거움이 나를 붙잡을지라도
이미 해탈의 포옹에 들어 있음을 나는 느낍니다.

님은 여러 빛깔의 향기롭고 신선한 술을 한 모금 주시고,
세속의 그릇인 이 몸에 늘 가득 채우려 하십니다.

이 세상에서 나는
님의 불꽃으로 서로 다른 수백의 등불을 밝혀
님의 사원 제단에 바칠 것입니다.

아닙니다.
나는 결코 내 감각의 문을 닫지 않을 것입니다.
이제 보고, 듣고, 만지는 나의 기쁨 모두
님의 기쁨을 전하는 도구가 될 것입니다.

그렇습니다.

이제 내 모든 환상(幻想)들은

기쁨의 빛 속에서 불꽃 되어 사라지고,

내 모든 욕망들은

사랑의 열매들 속에서 익어 갈 것입니다.

74 개울가에 이르러

날 저물어 땅거미 지는 대지에 어둠이 내리면,
나는 항아리에 물을 길러 개울가로 나가렵니다.

밤바람이 개울물의 간절하고 애달픈 음률을 들려주면,
아! 나는 음률에 이끌려 이 어스름 속으로 빠져듭니다.

오가는 이 하나 없는 쓸쓸한 오솔길에
바람이 일어 냇물은 잔물결로 여울집니다.

이제 다시 집으로 돌아갈 수 있을지,
우연히 누군가를 만나게 될지 나는 알 수 없습니다.

저기 개울가 작은 배 안에서 누군가 거문고(Vina*)를 켜고 있습니다.

우리 덧없는 생명에게 주시는 님의 선물은
모든 갈망들을 다 채워주시지만,
조금도 줄지 않고 님께 되돌아갑니다.

강물은 끊임없이 들판과 작은 마을을 서둘러 지나지만,
쉬지 않고 굽이쳐 흘러 님의 발을 씻고자 되돌아갑니다.

꽃이 향기로 대기를 감미롭게 채우지만,
꽃의 마지막 헌신은 온전히 그 자신을 님께 바칩니다.

님을 경배하는 이 세상은 더 이상 가난하지 않습니다.

사람들이 시인의 말에서 마음에 드는 의미를 취하지만,
그 시의 마지막 의미는 온전히 '님을 향하여' 입니다.

76 님의 얼굴 대하고자

아! 내 생명의 주인이여!
어떻게 하면 제가
날마다 님 앞에 얼굴을 마주하고 설 수 있을까요?

온 세상의 주인이여!
어떻게 하면 제가
두 손 모은 채 님 앞에 얼굴을 마주하고 설 수 있을까요?

어떻게 하면 제가
한량없는 고독한 하늘 아래 겸허한 마음으로
님 앞에 침묵의 얼굴을 마주하고 설 수 있을까요?

어떻게 하면 제가
수고로움과 다툼으로 소란한 당신에게 속한 세상의
갈 길 바쁜 무리들 사이에서
님 앞에 침묵의 얼굴을 마주하고 설 수 있을까요?

아! 왕 중의 왕이여!

이 세상에서 해야 할 일을 모두 마쳐야만,

나 홀로 님 앞에 침묵의 얼굴을 마주하고 설 수 있을까요?

77 나의 고백

나는 님을 나의 신으로 알지만,
행여 나만의 신이 아닐지도 몰라 저만치 물러서 있다가도
더 가까이 다가서려 합니다.

나는 님을 내 아버지로 알기에,
내 친구의 손을 붙잡듯 님의 손을 잡지 못하고
그저 님의 발아래 엎드려 절할 뿐입니다.

님께서 내려오셔서 나의 또 다른 자아라고 말씀하시며
님 스스로를 내 자신처럼 대하셨지만,
내가 여전히 망설이고 서 있음은
님을 가슴에 끌어안고 친구로 대할 수는 없었기 때문입니다.

님은 내 형제 중에서도 가장 가까운 형제라고 말씀하셨지만,
나는 형제들 어느 누구에게도 배려하지 못했습니다.

나의 소득을 그들과 나누지도 않았으면서
이제야 내 모든 것을 님과 더불어 나누려 합니다.

즐거울 때나 괴로울 때도
사람들 곁에 있지 않았으면서
이처럼 님의 곁에 서 있고자 합니다.

이렇듯 내 삶을 포기하는 것을 망설이기에
위대한 생명의 바다로 감히 뛰어들지 못하고 있습니다.

78 완전한 별

만물이 새롭게 창조되고
모든 별들이 이제 막 처음으로
찬란한 빛을 던지기 시작했을 때,
신들이 하늘에 모여 노래를 불렀습니다.

"오, 완전한 모습이여! 순수한 기쁨이어라!"

하지만 그때 누군가가 소리쳤습니다.

"빛줄기 어느 한 곳 끊어져 별 하나가 사라졌네."

신들이 연주하던 하프의 황금줄이 끊어지고,
노래도 멈추었습니다.
그리고 탄식하며 이렇게 소리쳤습니다.

*"그래요, 잃어버린 그 별은 별 중의 별이요.
온 하늘의 영광이었건만…"*

그 날부터 사라진 별을 찾는 일이 쉼 없이 이어지고,
그 별로 인해 세상이 기쁨 하나를 잃었다는 외침이
이곳 저곳으로 계속 퍼져 나갔습니다.

그러나 깊고 깊은 정적이 드리워진 밤이 되어서야
별들은 미소 지으며 이렇게 소곤거립니다.

"찾아보아야 헛된 일이야!
어디든 깨지지 않는 완전함으로 가득한데!"

79 꿈꿀 때나 깨어있을 때에도

만약 내 살아있는 동안에
님을 만나지 못하는 것이
내게 주어진 운명이라 해도,
한시라도 님의 모습을 잊지 않도록
늘 그리움을 지니고 살게 해주십시오.

제가 꿈을 꿀 때나 깨어 있을 때에도
이 슬픔의 고통을 짊어지게 하시어
잠시라도 잊지 않도록 해주십시오.

이 세상의 혼잡한 시장 바닥에서
제 삶의 날들이 지날지라도,
이 두 손에 세속의 재물이
감당할 수 없을 만큼 쌓인다 할지라도,
제가 얻은 것은 아무것도 없음을
항상 잊지 않고 살게 해주십시오.

제가 꿈을 꿀 때나 깨어 있을 때에도
이 슬픔의 고통을 짊어지게 하시어
잠시라도 잊지 않도록 해주십시오.

제가 지쳐 헐떡이며 길가에 앉아 있을 때나,
흙먼지를 둘러쓴 채 잠자리를 펼지라도
아직 긴 여정 남아 있음을
항상 느끼며 살게 해주십시오.

제가 꿈을 꿀 때나 깨어 있을 때에도
이 슬픔의 고통을 짊어지게 하시어
잠시라도 잊지 않도록 해주십시오.

제 방을 온갖 장식으로 치장하고,
피리소리와 웃음소리가 요란할지라도
내 집에 님을 모시지 않았음을
항상 느끼며 살게 해주십시오.

제가 꿈을 꿀 때나 깨어 있을 때에도
이 슬픔의 고통을 짊어지게 하시어
잠시라도 잊지 않도록 해주십시오.

80 나의 공허를 채워주실 님

아! 영원히 빛나는 나의 태양이여!

나는 공허하게 하늘을 떠다니는
가을날 조각구름과 같은 존재입니다.

님의 손길이 닿지 않아
아직도 제 환상을 녹이지 못하고
님의 눈부신 빛과 하나가 되지 못했습니다.

그리하여 님과 만나지 못한 채
해와 달이 지나감을 헤아리고 있을 뿐입니다.

만일 이것이 님의 뜻이고 님이 즐기는 유희라면,
흘러만 가는 제 공허를 붙잡아 그 위에 갖가지 색을 입히시고
황금빛으로 물들여 주십시오.

변화무쌍한 바람결에 띄워서
온갖 놀라운 모습으로 퍼지도록 해주십시오.

밤이 되어 님께서 이 유희를 그만 끝내고 싶으실 때,
나는 기꺼이 어둠속으로 녹아 사라질 것입니다.

그렇지 않으면 나는 또 다시 눈부신 새벽의 미소 속에,
맑고 투명한 서늘함 속에 남아있을 것입니다.

81 영일(寧日)

한가한 시간을 보내며
덧없이 지나버린 시간을 슬퍼하곤 했습니다.

하지만 나의 주인이여!
그 시간들이 결코 헛된 시간만은 아니었습니다.
님께서 내 삶의 매 순간마다
손을 내밀어 주셨기 때문입니다.

님은 모든 것들의 깊은 곳에 숨은 채
씨앗을 품어 싹트게 하고,
꽃봉오리를 활짝 피게 하며,
꽃이 열매로 무르익게 하십니다.

오늘 일들을 모두 끝내고 피로에 지친 나는
침대에 누워 나른한 잠을 청합니다.
조금 전 하다가 그만두었던 일들을
마음속으로 그리다 잠이 듭니다.

잠깨어 일어난 이 아침,

나의 정원은 경이로운 꽃들로 가득 차 있었습니다.

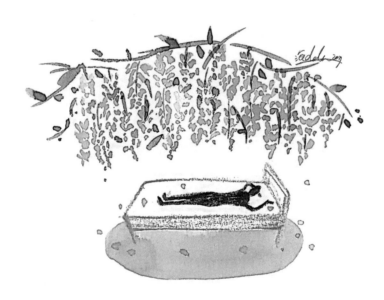

82 아직도 시간은

나의 주인이여!
님께서 손에 붙잡아 두신 시간은 무한합니다.
아무도 님의 시간을 헤아릴 수 없습니다.

밤과 낮이 지나며
세월이 꽃처럼 피었다가 시들어 갑니다.

님은 기다림을 알고 계시기에 억겁의 세월동안
한 송이 작은 들꽃을 피우게 하셨습니다.

그러나 우리에게는 낭비할 시간이란 없습니다.
시간이 부족한 우리는 기회를 잡으려 다툽니다.

우리는 너무도 가난하여 머뭇거릴 수가 없습니다.
그러는 동안에도 시간은 자꾸만 흘러갑니다.

님은 시간이 필요하다고 투덜대는 이들에게도
똑같은 시간을 내어 주셨지만,
그들은 시간을 마냥 허비해 버리고 맙니다.

그리하여 님의 제단에는 마지막 순간까지도
놓인 제물 없이 텅 비어 있습니다.

하루해가 다 지나갈 때, 님 계신 곳의
문이 닫힐까 두려워 발걸음을 재촉합니다.

그러나 아직도 시간이 남아 있음을
비로소 그곳에 당도해서야 알았습니다.

83 어머니께 드립니다

어머니!
당신의 목에 걸어 드리고자
내 슬픔의 눈물로 진주 목걸이를 엮으려 합니다.

별들이 그 빛으로
당신의 발을 장식하려 발찌를 만들었지만,
제가 만든 목걸이는
당신의 가슴 위에 드리워질 것입니다.

부귀와 명예는 당신으로부터 나오는 것이기에,
그것들을 내주시고 보류(保留)하시는 것 또한 오직 당신입니다.

하지만 저의 이 슬픔은 온전히 제 자신의 것입니다.
제가 그것을 제물로 드릴 때,
당신은 늘 은총으로 답례를 해주십니다.

84 시인의 노래는

끝도 없이 펼쳐진 하늘아래
헤아릴 수 없는 형상으로 태어나
온 세상 구석구석으로 퍼지는 것은
이별의 고통입니다.

비 내리는 칠월의 어두운 밤,
바스락거리는 나뭇잎 사이에서
시(詩)의 마음이 되고,
이 별과 저 별로 눈길을 옮기며
밤새도록 침묵의 별을 바라보는 것 또한
이별의 슬픔입니다.

온 세상을 뒤덮고 있는 이 고통은,
인간이 살아가는 곳에서 사랑과 갈망으로
또 번뇌와 환희로 깊어집니다.

그리고 이 슬픔은
이내 가슴속에 언제나 시인의 마음을 통해
노래되어 녹아 흐릅니다.

85 세상에서 다시

전사(人間)들이
스승(神)의 연무장(轉生)에서
처음으로 세상 밖으로 나왔을 때,
전사들은 자신들의 힘을 어디에 감추고 있었던 것일까요?
그리고 그들의 갑옷과 무기는 어디에 있었을까요?

전사들이 스승의 연무장을 나서는 날,
무기력하고 초라해 보이는 그들 머리 위로는
빗발치듯 화살이 쏟아졌습니다.

전사들이 다시 스승의 연무장으로 되돌아갔을 때,
그들의 힘은 어디에 숨겨져 있었을까요?

전사들이 칼을 버리고 활과 화살도 모두 던져 버렸기에
그들의 이마에는 평화가 깃들었습니다.

전사들이 다시 스승의 연무장으로 되돌아가던 바로 그 날,
그들은 지나온 길에 생명의 열매들을 남겨두었습니다.

님께 드릴 마지막 제물

님의 사자(使者)인 죽음이
내 집 문전에 당도했습니다.

그는 미지의 바다를 가로질러와
당신의 부르심을 전하고자 찾아왔습니다.

밤은 어둡고 내 가슴은 두려움으로 떨립니다.
하지만 나는 등불을 켜고 대문을 열어
그에게 머리 숙여 영접할 것입니다.

나는 내 가슴에 담았던 보물(寶物)을
그의 발 아래 내려놓고 님을 예배할 것입니다.

그는 자신의 임무를 다 마치고
내 아침 위에 어두운 그림자를 던져놓고 돌아갈 것입니다.
그러면 황량해진 내 집에 쓸쓸히 남아있을 내 자아만이
님께 드릴 마지막 제물(祭物)입니다.

87 감미롭던 그녀를 찾아

절박한 희망을 품고 그녀를 찾으러
나는 온 방 구석구석을 돌아보았습니다.
하지만 그 어디에서도 그녀를 찾을 수 없었습니다.

내 집이 작을지라도 이미 한번 잃은 것들은
두 번 다시 되찾을 수 없었습니다.

나의 주인이여!
그녀를 찾아
무한(無限)한 당신의 저택 문 앞에까지 왔습니다.

당신의 황금빛으로 물든 하늘아래 서서
갈망의 눈으로 님을 우러릅니다.

지금 어떤 희망도, 행복도 없고
눈물 사이로 비치던 환상의 얼굴마저 잊은 채,
그 곳으로부터 어떤 것도 소멸되지 않을
영원의 언저리까지 왔습니다.

아! 부디 공허했던 나의 생을 저 바다에 담그시어
가장 깊은 충만함 속으로 빠져들게 해주십시오.

나로 하여금 우주의 완전함 속에서 잃어버린
감미롭던 그녀의 감촉을 다시금 느끼게 해주십시오.

88 잊혀진 신성(神性)이여

황폐해진 사원의 신성(神性*)이여!
줄이 끊어진 거문고는 더 이상 당신을 찬미할 수 없고,
저녁 종소리도 더 이상 당신을 예배할 시간을 알려주지 않습니다.

당신의 주위는 고요하고 적막합니다.
정처 없이 떠다니던 봄바람이
당신의 쓸쓸한 거처를 찾아와 꽃 소식을 전해 주지만,
이제 그 꽃을 당신의 제단에 바칠 사람은 아무도 없습니다.

늙어버린 당신의 순례자들만이 이전과 다름없이
여전히 당신의 은총을 갈망하며 방황하고 있을 뿐입니다.

불빛과 어둠이 지상의 우울함에 뒤섞이는 저녁이 되면,
그들은 허기진 마음으로 지친 몸을 이끌며
이 폐허의 사원으로 돌아옵니다.

황폐해진 사원의 신성이여!
수많았던 축제의 날들이 이제는 황폐한
침묵의 사원에서 당신을 찾지만,

예배의 날들은 등불을 밝히지도 못한 채 지나가버립니다.

솜씨 좋은 장인들이 새로운 신의 형상을 수 없이 만들지만,
언젠가는 그 형상들 또한 성스러운 망각의 개울에 옮겨집니다.

오직 황폐해진 사원의 신성만이 영원히 방치된 채
누구의 예배도 받지 못하고 남아 있을 뿐입니다.

89 한가한 날들이 되기를

GITANJALI

나는 이제부터 내 주인의 뜻에 따라
더 이상 요란하거나 큰 소리가 아닌
속삭이듯 말을 할 것입니다.

내 가슴에 담아두었던 말들은
노래의 읊조림으로 전해질 것입니다.

사람들이 왕의 장터에서
무언가를 사고팔고자 모여듭니다.

하지만 나는 세상이 바삐 돌아가는 이 한낮,
모든 일들 다 내려놓고 그 곳을 벗어났습니다.

그저 내 꽃밭에 철 이른 꽃들이 피고,
한낮의 벌들이 한가로이 윙윙거리며
노래하기를 바랄뿐입니다.

옳고 그름의 갈등으로 분주했던 지난 날들과 작별하고
공허한 이 마음 달래줄 동무를 따라 한가롭게 지내려 합니다.

그런데 내가 왜 이처럼 무익하고 엉뚱한 일에
갑작스레 불려 나왔었는지 진정 알 수가 없습니다.

90 죽음에게 내 놓을 것은

죽음이 그대의 문을 두드리는 날이 오면,
그대는 무엇을 죽음의 사자에게 내 놓을 것인가?

아! 나는 내 생명으로 가득찬 이 잔을
손님에게 내 놓을 것입니다.
나는 그가 빈손으로 돌아가지 않도록 할 것입니다.

내 생이 다하여 죽음이 내 문을 두드리면,
내 모든 여름밤과 가을날에 수확한 감미로운 포도를 내 놓고,
분주했던 내 삶이 얻은 모든 수확과 낙수(落穗*)까지
남김없이 그에게 내 놓을 것입니다.

91 나의 죽음에게

아! 삶의 마지막 완성인 죽음이여!
나의 죽음이여! 내게 가까이 와서 속삭여주오!

나 그대를 기다리며 모든 나날들을 보냈고,
그대가 있어 기쁨과 고통의 삶을 견디어 왔습니다.

나의 존재, 나의 소유, 나의 희망과 사랑, 이 모든 것들은
언제나 깊고 은밀하게 그대를 향해 흘러왔습니다.

이제 그대의 마지막 눈길 한 번으로
내 생명은 영원히 그대의 것이 될 것입니다.

꽃을 엮어 신랑을 맞이할 화환도 준비되었습니다.
혼례가 끝나면 신부는 집을 떠나 인적 없는 밤,
홀로 그의 주인을 만날 것입니다.

92 내 바라는 것은

언젠가는
이 대지를 더 이상 볼 수 없는 날이 올 것이고,
내 눈에 마지막 장막이 드리워질 때는
고요한 정적(靜寂)으로
내 생명이 인도될 것을 나는 알고 있습니다.

하지만 별들은 여전히 밤을 지킬 것이고,
예전과 다름없이 아침은 다시 밝아올 것입니다.
시간은 바다처럼 기쁨과 고통을
들어 올렸다 내리며 일렁일 것입니다.

이처럼 내 삶의 마지막 순간들을 생각해봅니다.
그러면 죽음의 빛을 통해 순간들로 이루어진
시간의 장벽이 부서져서 적정(寂靜)의 보물로 가득한
님의 세계를 나는 볼 수 있을 것입니다.

그 곳에는 진정 초라한 자리나

귀하고 천한 생명의 구분도 없습니다.

내 헛된 갈망으로 간직했던 것들을 버리고,

늘 경멸하고 무시했던 것들을

진심으로 가질 수 있게 해주십시오.

93 나그네 길 떠나려

이제 나는 떠나려 하니,
내 형제들이여! 나에게 작별인사를 해주오.

그대들 모두와 이별하고,
나는 이제 길을 떠날 것입니다.

여기 내 집의 열쇠들을 돌려주고,
내 집에 대한 모든 권리를 포기합니다.

그대들에게 내가 원하는 것은
그저 다정스런 작별의 한마디 말 뿐입니다.

우리는 오랫동안 서로 이웃으로 살아왔습니다.
하지만 내가 주었던 것보다 더 많은 것들을
그대들로부터 받았습니다.

이제 날은 밝았고,
내 어두운 구석을 밝혀 주던 등불도 꺼졌습니다.
부르심을 따라 나만의 나그네 길 떠날 준비가 되었습니다.

94 친구들과 작별할 때

내 친구들이여!
이제 길 떠나는 내게 행운을 빌어주오.

하늘은 새벽빛으로 붉게 물들어,
내 앞에 드리워진 길을 아름답게 수 놓고 있네.

그 곳에 무엇을 지니고 가는지는 묻지 마시게나.
다만 희망을 품고서 빈손으로 여행길에 나선 것이니.

나는 내 혼례의 화관을 머리에 쓰려한다네.
수행자의 빛바랜 황톳빛 옷은 내게 어울리지가 않네.

내가 가는 길에 어떤 위험이 있다 할지라도
내 마음에 두려움은 전혀 없네.

내 여정이 끝날 때면 저녁별이 뜨고,
왕궁 정문에는 구슬픈 황혼의 선율만이 울려 퍼지겠지.

243

내가 처음 생명의 문턱을 넘던 순간을
나는 기억하지 못합니다.

어떤 힘이 이 광활한 신비를 향해
한밤의 꽃봉오리가 피어나듯
나를 세상에 나오게 했을까요?

아침이 밝아오고 햇살 비출 때,
나는 이 세상의 낯선 이방인이
아니라는 것을 느낄 수 있었습니다.

이름도 모습도 없는 미지의 힘이
내 어머니의 모습으로 손 내밀어
나를 품에 안아 일으키셨음을 알고 있습니다.

마찬가지로 이 생명이 다 할 때도
미지의 그 힘이 예전의 낯익은 모습으로
나를 찾아올 것임을 알고 있습니다.

나는 이 삶을 사랑하기에,

나의 죽음 또한 사랑하게 될 것임을 알고 있습니다.

마치 어머니의 오른쪽 젖가슴에서 떨어져 울다가도

왼쪽 젖가슴을 물려주면 안심하는 아이처럼 말입니다.

96 내 작별의 인사는

내가 이 세상을 떠나게 될 때,
"세상은 비할 바 없이 아름다웠습니다."

이 말이 나의 작별 인사가 될 것입니다.

*"빛의 바다 위에 펼쳐진 연꽃의
숨겨진 꿀을 맛보았으니,
나는 진정 축복받은 존재였습니다."*

이 말이 나의 작별인사가 될 것입니다.

무수한 모습으로 가득 찬 이 놀이터에서
나는 맡은 배역을 즐기며 잘 놀았습니다.
그리고 이 세상에서 나는 형상없는
님의 모습을 언뜻 느껴보기도 했습니다.

내 온 몸과 손발은 언제나 감각의 한계를
초월하여 존재하는 님의 손길에 떨렸습니다.

"만일 지금 이 순간이 내 생명의 마지막 끝이라면,
그저 그렇게 되어도 좋습니다."

이 말이 나의 작별 인사가 될 것입니다.

97 놀이가 끝날 때

늘 님과 함께 놀면서도
단 한번도 님이 누구인지 물어보지 않았습니다.

부끄러움이나 두려움을 모르는 내 삶은
마냥 떠들썩하기만 했습니다.

이른 아침마다 님은 나를 찾아와 새벽잠을 깨우고,
친구가 되어 언제나 이 숲과 저 숲의 빈터에서
뛰어놀 수 있게 나를 이끌어주었습니다.

지난 날 님께서 내게 들려주었던
노래의 의미에 관심을 갖지 못했습니다.

그저 내 목소리만이 그 가락을 따라 노래하였고,
내 마음은 박자에 맞춰 춤을 추었을 뿐이었습니다.

놀이의 시간이 다 끝나가고 있는 지금,
눈앞에 펼쳐진 이 놀라운 광경은 무엇인지요?

경외감에 젖은 세상의 모든 시선은

고요한 별들 가운데 서 계신

님의 발을 향해 있습니다.

98 내가 알고 있는 것들

정복되지 않고 님에게서 도망치는 것은
결코 내가 할 수 있는 일이 아님을 잘 알고 있습니다.
그래서 패배의 표식인 내 삶의 전리품들을
화환으로 엮어 님을 장식하렵니다.

내 자만이 막다른 벽에 이르고,
극심한 고통을 견딜 수 없는 내 생명줄이 끈을 터트려
자신의 굴레를 벗게 될 것임을 잘 알고 있습니다.

공허한 내 마음이
비어있는 갈대피리처럼 애잔한 가락을 연주하면,
단단한 돌일지라도 이 눈물에
녹아내릴 것임을 잘 알고 있습니다.

연꽃잎은 영원히 꽃잎을 닫고 있을 수 없으며,
숨겨져 있던 그 꿀의 밀실이 끝내
허공에 드러날 것임을 잘 알고 있습니다.

푸른창공에서 지켜보던 한 눈길이 조용히 나를 부르면,

나를 위한 것은 그 무엇도 남기지 않고,

님의 발 아래에서 온전한 죽음을 맞이할 것입니다.

99 내 항로(航路)가 끝날 때

내가 배의 방향타를 놓을 때,
님께서 이를 대신하여 잡을 것임을 알고 있습니다.

그 일은 즉시 이루어질 것이므로
애써 붙잡는다 해도 소용이 없다는 것 또한 알고 있습니다.

- 그러니 내 마음이여!
그 손을 거둬들여 그대의 패배를 말없이 받아들임이 좋으리라.
그저 그대의 주어진 자리에
온전하게 앉아 있음을 행운이라 생각하라 -

나의 이 등불은
미약한 한 줄기 바람에도 꺼져가고,
나는 거기에 다시 불을 붙이려 애를 쓰며
다른 일들을 모두 잊고 또 잊습니다.

이제 나는 자리를 바닥에 펼치고
캄캄한 어둠 속에서 님을 기다릴 것입니다.

나의 주인이여!

언제든 님이 원하실 때 조용히 오셔서

여기 제가 마련한 이 자리에 앉으십시오.

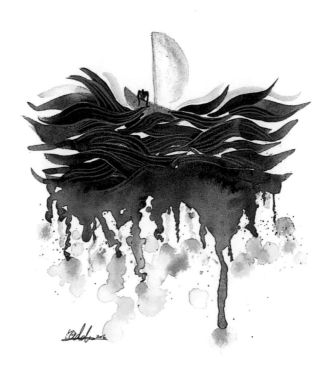

100 심연(深淵)의 바다에 이르러

형체 없는 온전한 진주 찾으러
온갖 모습들 가득한 바다 깊이 뛰어들고자 합니다.

나는 더 이상 비바람에 지친 이 배를
이 포구에서 저 포구를 향해 노 저어 가지 않으렵니다.

파도에 흔들리며 떠다니던 나의 뱃놀이는
이미 지나간 옛 일입니다.

이제는 불멸(不滅)에 이르기를 간절히 열망합니다.

소리 없는 음악의 선율이 울려 퍼지는
끝 모를 심연의 공연장으로
내 생명의 거문고를 가져가려 합니다.

그리고 영원의 곡조에 맞추어 거문고를 조율할 것입니다.

구슬픈 마지막 가락이 끝나면
이 악기를 침묵의 님 발아래 조용히 내려놓을 것입니다.

내 노래가 안내하는 곳

내 생애(生涯)를 다하여
늘 노래하며 님을 찾았습니다.

내 노래는
이 문전(門前)에서 저 문전으로 나를 이끌어 주었고,
노래를 통해 손끝은 이 세상에 닿았으며
내 존재를 느낄 수 있었습니다.

하여 이제까지 내가 세상에서 배운
모든 과정들은 모두 이 노래를 통해서입니다.

내 노래는
비밀의 오솔길로 나를 이끌어 주었고,
내 마음의 영역을 넘어
수 많은 별들을 보여주기도 했습니다.

내 노래는
온종일 기쁨과 고통의 나라로 나를 인도하였고,
온갖 신비와 만나게 해주었습니다.

그리고 끝내 해 저물어 나그네길 마쳐야 할 지금,

내 노래가 이끌어 데려온 이 궁전의 문전은 어디인지요?

102 님을 위한 내 노래는
GITANJALI

나는 사람들에게 님을 잘 알고 있노라고 자랑해왔습니다.
사람들은 내 모든 작품에서 님의 초상(肖像)을 봅니다.

그들은 내게,
"그 님은 누구인가요?" 라고 묻습니다.
나는 그들에게 어떻게 대답해야 할지를 모릅니다.

다만 이렇게 말할 뿐입니다.

"사실 나도 어떤 말로 표현할 수 없답니다"

그러자 그들은 나를 비웃고 책망하며 떠나갑니다.
그래도 님은 미소 지은 채 그 자리에 앉아 계십니다.

나는 님에 대한 이야기들을 이 긴긴 노래에 담았습니다.
이내 가슴에 숨겨둔 비밀이 샘 솟듯이 흘러나옵니다.

사람들은 내게,
"그대가 부르는 이 노래들의 의미를 모두 말해줄 수 있나요?"
라고 묻습니다.

나는 그들에게 어떻게 대답해야 할지를 모릅니다.
다만 이렇게 말할 뿐입니다.

"아! 그 누가 이 노래의 의미를 다 알 수 있을까요?"

그러자 사람들은 나를 비웃고 경멸하며 떠나갑니다.
그래도 님은 미소 지은 채 그 자리에 앉아 계십니다.

103 내 마지막 소망

나의 신이여!

님께 이 마음 다하여 경배하오니,
내 모든 감각을 넓히시어
님의 발아래 드리워진 이 세상을 어루만지게 해주십시오.

님께 이 마음 다하여 경배하오니,
낮게 드리워진 칠월의 비구름이
미처 뿌리지 못한 소나기를 머금고 있듯이
온 마음을 다하여
님 계신 문전에 엎드려 절하게 해주십시오.

님께 이 마음 다하여 경배하오니,
내가 불렀던 모든 노래들을 한데모아
다양한 선율들이 하나의 흐름이 되게 하시어
고요한 님의 바다로 흘러가게 해주십시오.

님께 이 마음 다하여 경배하오니,

고향 그리워 밤낮을 날아 둥지 찾아가는 두루미처럼

남아있는 내 모든 삶의 항로가

영원한 안식처를 향해 배 떠나게 해주십시오.

Namastte!

_____님께 이 마음 다하여 경배합니다.

* 비쉬누(Vishnu)

창조 브라흐만, 유지 비쉬누, 파괴 시바 등 힌두의 주요 3신중에서 세상을 유지하는 역할을 담당하는 존재. 초기 베다시대에서는 중요한 신성(神性)이 아니었지만, 점차 많은 민족들의 설화와 신화들이 집약된 존재로 부각된 신. 신성한 능력이 더해지면서 전 인도인들의 사랑을 받는 화신(化身)사상으로 발현됨. 특히 인도인들의 자존심과도 같은 2대 대서사시 라마야나와 마하바라타에서는 각기 라마와 크리슈나로 화신하여 악의 세력을 물리치고 세상을 유지한다는 내용이 담김. 해와 달, 그리고 별, 그리고 오대 원소인 지, 수, 화, 풍, 공 수호신들(Vasus)의 주신(主神)으로 바수데바(Vasudeva)로 불림. 우주적인 잠속에 들어있는 존재(Narayana)로 이 신이 꾸는 세상이 현상계로 착각하는 마야(Maya)의 세계로 인식됨. 또 다른 이명(異名)으로는 하리(Hari)가 있음

* 가루다(Garuda)

힌두 유지의 신 비쉬누(Vishnu)가 타고 다니는 불사조(不死鳥)

* 바블라꽃(Babla)

인도 북동부 벵골지역과 방글라데시에 분포하는 미모사 꽃 형태의 작은 공 크기 노란색 꽃을 피움. 가시가 있는 아카시아과 다년생 식물로 관상용은 아니지만 아름다운 밝은 노란색의 꽃이 피며 향기가 좋음

* 님나무(Neem tree)

인도전역에 가로수로 심어져 쉽게 볼 수 있는 나무. 신의 축복을 받은 나무로 불리는 님(Neem)은 남국(南國) 과일의 왕 망고(Mango), 천년에 한번 꽃을 피운다는 전설의 우담바라(Udumbara)와 함께 인도를 대표하는 3가지 나무중의 하나. 님나무는 천연살충의 성분이 있어 해충이 없고 쌀독에 잎사귀를 넣어두면 벌레가 안 생김. 이파리는 음식재료로 다양하게 이용하고, 열매의 씨앗에서 뽑아낸 기름은 왁스나 윤활유로 사용. 생명나무라고도 불리는 님나무 그늘에는 모기가 없을 정도의 잔잔한 향취가 있으며, 살충제나 의약품의 재료로 쓰임. 한국 전통적인 농촌 농가의 장독대에 흔히 심어져 있던 가죽나무의 모양과 그 기능이 매우 유사함

* 마야(Maya)

힌두교에서 유지의 신 비쉬누가 꾸는 꿈의 세계, 환상(幻像)의 세계, 윤회
(輪廻)하는 세계, 사바(娑婆)세계

* 비나(Vina)

인도의 거문고로 양쪽 끝부분에 조롱박 울림통이 있는 긴 대나무판위
에 4개의 줄이 연결된 인도의 대표적 현악기

* 신성(神性)

범어(梵語; Sanskrit)로 디바인(Divine), 나만(Naman) 등으로 표현되는 신의 성

품, 또는 절대적 존재

* 낙수(落穗)

땅에 떨어진 곡식의 알갱이, 이삭줍기